二見文庫

女教師の更衣室

橘 真児

目次

女教師の更衣室

第一章　理科室での採取

1

宮下友昭《みやしたともあき》が市の教育委員会から依頼のあった学校調査をまとめていると、向かいのデスクの理科教師、来須麻紗美《くるすまさみ》が話しかけてきた。

「ねえ、今度の管理主事訪問って、また備品台帳のチェックがあるのかしら？」

「ええと……いえ、あれは春だけのようです。ただ、前回指導が入ったようだと、もう一度ということもあるみたいですが」

前任者から引き継いだ仕事の手引きを素早く調べて答えると、麻紗美は不満げに顔をしかめた。

「じゃあ、ちゃんとやっておかなきゃ駄目ってことなのね」

「え、前回指導されたんですか？」

「記入漏れがけっこうあったから、ちゃんとしておくようにって。だけど、理科の備品台帳って、項目がめちゃくちゃ多いんだもん。他の教科の何倍も」

「まあ、実験器具とか薬品とか、細々したものも多いですからね」

「あたし、備品台帳なんてものがあることも、それを教師が全部記入しなくちゃならないなんてことも、採用されるまで知らなかったの。事務的なことが苦手だからこの仕事を選んだのに、他にも提出する文書とかレポートとか山ほどあるし、まったく勘弁してほしいわよ」

　麻紗美が気安く愚痴をこぼすのは、友昭と一緒にこの春採用されたばかりの、言わば同期であるからだ。もっとも、彼女は教員で友昭は事務職員と、身分は異なっているのだが。

（来須先生も、前はもうちょっと言葉遣いが丁寧だったのにな）

　新採用教員ということで、当初はかなり緊張していたようだったし、受け答えもかしこまっていた。それが、二学期も一カ月が過ぎた今は、すっかり学校や仕事に慣れた様子である。友昭が未だにオドオドしているのとは雲泥の差だ。

（女性のほうが環境への適応性があるっていうけど、たしかにその通りかも）

もっとも、友昭に対する口調がかなりくだけているのは、麻紗美のほうが年上ということもあるのだろう。

友昭は高校卒業後、ビジネス系の専門学校に入った。昨年、県の学校事務職員採用試験を受けて合格。今年の四月に、ここ市立国実《くにざね》第二中学校に赴任した。

学校事務職員に、特に必要な資格というものはない。ただ、文書やデータの処理にパソコンは必要不可欠であり、ワープロや表計算ソフト程度は使えないと困る。今も彼は市教委からメール添付で送られてきた調査票に、直接回答を入力していたのである。その他、社会人としての一般常識も必要で、専門学校で二年間学んだことがずいぶん役立っていた。

麻紗美は四年制大学を卒業し、先月誕生日を迎えたから現在二十三歳。友昭は早生まれのためまだ二十歳で、彼女とは二学年、年は二歳半離れている。そのため、同期でも弟のように見られているフシがあった。

まあ、社会人になったとは言え、自分でも未だにスーツをうまく着こなせていないのがわかる。そのあたりも頼りなく映るのかもしれない。

一方、麻紗美は理科教師だけあって好奇心旺盛のようで、しかも童顔だ。何かにつけて大きな目をくりくりさせるところなど、けっこう子供っぽく見える。おまけに中学生たちに溶け込むぐらい小柄な体型だから、あまり年上という感じはしなかった。

なんて言うと、本人はむくれるかもしれないが。

市立国実第二中学校は各学年三クラスで、規模としては大きすぎず小さすぎず、ちょうどいいぐらいの学校だ。文教地区の住宅街の中にあり、生徒たちも真面目でおとなしい。

初めて勤務する学校としては間違いなく当たりで、実に幸運だったと言える。同期の事務職員には、いきなり大規模校でしかも荒れたところに赴任した者もおり、研修会などで会うたびにやつれていくのが気の毒なほどであったから。

ただ、大規模校なら複数いる事務職員も、本校は友昭ひとりだけだ。わからないところは教頭や教務主任に質問しているが、最初の頃は不安だらけだった。

それでもどうにかやってこられたのは、前任者が仕事内容や、一年間の流れをわかりやすくまとめておいてくれたおかげである。今だって、麻紗美の質問にすぐ答えることができた。

「しょうがない。だったら今のうちにやっておこうかな」

ため息まじりにつぶやいたものの、麻紗美はなかなか席を立とうとしなかった。貴重な空き時間をそんなことで潰したくないと顔に書いてある。コーヒーをひと口飲み、手元に開いてあるノートパソコンをぼんやりと眺めた。

午後の最初の時間。窓の外では秋の穏やかな日差しが校庭に降り注いでいる。実に過ごしやすい陽気だ。

五年前に改築したばかりという校舎は、職員室も明るくて広々としている。授業中の今は空き時間の先生たちがちらほら見えるだけで、室内は静かだった。だから麻紗美も話しかけてきたとき、声のトーンをいつもより落としていた。教材研究などの邪魔をしないようにと気を遣ったのだ。

生徒指導上の問題がないためか、国実二中は教員の女性比率が半分以上であった。しかもほとんどが三十代以下と若い。学校全体に華やかな活気があるのは、やる気のある潑剌《はつらつ》とした女教師たちが頑張っているからだろう。

それに、女性の教師は身の回りの整理整頓や身だしなみ、挨拶や言葉遣いについても細やかな指導を行なう。生徒たちも素直に聞き入れ、本校は市内でも指折りのいい子ぞろいで、礼儀正しい学校だと評判であった。

生徒が落ち着いているから、職員室の雰囲気も穏やかだ。先生たちもみんな親切で、本当にいい学校に勤められたなと、友昭はしみじみと思う。

職員室は正面の予定表黒板をバックに、校長、教頭、教務主任のデスクが横一列に並んでいる。あとは各学年部ごとに、五、六台のデスクを合わせてこしらえた大きな島が三つあった。

友昭のいる島は、デスクを四台並べた小さなものだ。隣は栄養士の席だが、普段は給食センターにいるため、ほとんど使われることはない。正面が麻紗美で、斜め向かいは新採用教員の研修を担当する非常勤講師、つまり麻紗美の指導をする先生の席だ。授業もいくらか担当しているが、今日は出勤日ではなく不在である。

ちなみに、麻紗美は一学年部に所属しており、学年部で集まるときは椅子だけでそちらに移動する。デスクを離されているのは単に指導者の隣に置くためで、仲間はずれになっているわけではない。

それに彼女のほうも、同期で年下の男の近くにいるほうが気楽だと感じているようだ。実際、仕事とは無関係なことも、しょっちゅう話しかけてくる。

「ねえ、友昭クンって、普段は何してるの？」

いかにも暇つぶしという質問に、友昭は目を白黒させた。

他の先生たちは、校長ですら「宮下さん」と呼んでくれるのである。友昭のことを下の名前で、しかもクン付けで呼ぶのは麻紗美だけだ。まあ、そういう気安い言葉遣いは、ふたりだけで話すときに限られていたが。

「普段って?」

「ほら、家に帰ってからとか」

「べつに普通ですよ。食事してテレビを観て、あとは寝るぐらいで」

「独り暮らしなんだよね。休みのときは?」

「まあ、掃除や洗濯をしたり、あとはゴロゴロしてることが多いです」

「外出はしないの?」

「買い物ぐらいなら行きますけど」

「ふうん、寂しい生活なのね」

自分ではそんなふうに感じていなかったから、決めつけられてムッとする。大きなお世話だと思った。

すると、彼女がにぱっと笑みをこぼす。

「ねえ、何もすることがないんなら、あたしが遊びに行ってあげようか?」

「え、あ、遊びにって!?」

「まあ、ゲームとかするような年でもないし、何ならあたしがお掃除をしてあげてもいいわよ。あと、ゴハンも作ってあげる。これでもけっこう料理が得意なのよ。ほら、理科の実験で鍛えてるから」

根拠の薄い理由を朗らかに告げられ、友昭は戸惑うばかりだった。

「いいですよ、そんなことしなくても」

「え、どうして?」

「だって――僕の部屋、狭くて汚れてますから」

「だから掃除をしてあげるって言ってるの」

「でも……」

「遠慮しなくてもいいのよ。べつに、あたしが行ったらマズいわけじゃないんだろうし。友昭クン、カノジョいないんだよね?」

「え? うん……まあ」

渋々うなずくと、《やっぱりね》という顔をされる。友昭は頰がどうしようもなく熱くなるのを覚えた。

現在、付き合っている女性はいないし、過去にもいたことがない。年上でも可愛い女性が訪ねてあげると申し出ているのに、素直に喜べないのは、異性に関して奥手というか臆病だからだろう。

(来須先生、僕が童貞だってことを知ってるのかな……?)

女性に慣れていないし襲う度胸もなさそうだから、ひとり住まいの部屋に行っても大丈夫だとたかをくくっているのではないか。

というより、そもそも男として見られていない可能性もある。それこそ、弟の世話をしてあげるような気持ちでいるのだろうか。

「だけど、来須先生には彼氏がいるんじゃないんですか?」

これまで踏み込んだことのないプライベートな質問をしたのは、彼女の意図を確めたかったからだ。

もしも恋人がいるのなら、まったく深い意味はなく遊びに行くと言っていることになる。けれど、フリーであるのなら、これを機に親しいお付き合いに発展するかもしれない。

「今はいないわよ」

麻紗美があっさりと答える。こちらの期待に添ったものではあったが、引っかかる言葉があった。

「え、『今は』って?」

「大学時代にはいたけど、別れちゃったもの。まあ、あれはお互いに若すぎたのね」

年寄りじみた言い回しを聞き咎《とが》めることなく、友昭はあらぬことを考えていた。

(大学生で彼氏がいたっていうことは、当然セックスもしたんだろうか……)

たしかに体験していてもおかしくない年齢ではある。けれど、見た目のあどけなさと子供っぽい言動から、男を知らないのではないかと密かに思っていたのだ。

もっともそれは、自分が童貞だから彼女も処女であってほしいという願望も込められていただろう。

ところが、ここに来て非処女疑惑が湧き上がり、友昭の心は乱れた。自分は未経験なのにと劣等感を抱く一方で、あるいはと期待もふくらむ。

(もしも僕が童貞だと見抜いてるのだとすれば……来須先生は初体験させてくれるつもりなんじゃないだろうか)

二十歳にもなって女の子と付き合った経験すらない童貞青年に、女のからだを教えてあげようと考えているのではないか。掃除とか料理なんていうのはただの口実で、本当の目的はセックス——筆おろしかもしれない。

しかし、そんなふうに考えたら、尚さら受け入れられなくなった。

仮に誘われたとしても、うまくできる自信などまったくない。それに、もしも失敗した場合、同じ職場で身近にいる存在だけに、この先ずっと気まずい思いをしなければならないのだ。

不安が高まり、友昭は押し黙った。だいたい、彼女は真面目な女教師なのであり、そこまで奔放な行動に出るはずがないとも思えてくる。

（そうさ……考えすぎだよ）

危ない橋は決して渡らないどころか、石橋を叩いた挙げ句に別の道へ逃げる慎重さゆえに、これまで異性に近づくことさえしなかった。堅実なのではない。やはり臆病なのだ。

そして、そうなった原因にも、思い当たるものがある。

「ちょっと、なに黙ってるのよ」

麻紗美が眉をひそめてなじる。恋人がいるのか訊いておいて、何も反応しなかったのだから怒るのは当たり前だ。

「え？　ああ、あの……」

「ひょっとして、あたしなんかが遊びに行ったら迷惑ってこと？」

傷ついたふうに頬をふくらませる彼女に、友昭は狼狽《ろうばい》した。もちろん迷惑なんてことはないが、目的がはっきりしないから了承しづらいのだ。

「ええと、本当に掃除とか料理をするだけなんですよね？」

これには、麻紗美が「はあ？」と目を丸くする。それから、訝《いぶか》るふうに眉根を寄せ、不審をあらわにした。

どうやら下心などなかったらしい。それを変なふうに誤解されていたのだと、彼女も悟ったようである。

（ああ、やっぱり早合点じゃないか）

何もしないから部屋に入れてと、男に迫られた若い女性じゃあるまいし、何を警戒しているのか。友昭はますますコンプレックスに苛《さいな》まれた。情けなさと恥ずかしさで、耳たぶまで熱くなる。

そのとき、誰かに見られている気がして（あれ？）となる。

視線は麻紗美の後方から注がれているようだ。どこからだろうと目玉だけ動かせば、ひとりの女教師と目が合った。シルバーフレームの眼鏡をかけた、冷たい眼差しと。

途端に、蛇に睨《にら》まれた蛙みたいに、全身が強ばってしまう。

（ゆ、由貴《ゆき》姉ちゃん——）

そのひとは国実二中の国語教師であり、友昭の従姉でもある宮下《みやした》由貴子であった。

2

　その日の放課後、友昭は麻紗美から理科の実験を手伝ってほしいと頼まれた。

「ど、どうして僕なんですか？」

「生徒がこちらの意図したとおりに実験を進められるか確かめたいのよ。それには、生徒と同じく真っさらのひとで試したほうがいいでしょ」

　つまり、生徒たちと同レベルと見なされたわけか。ムッとしかけたものの、

「ねえ、お願い」と両手を合わされ、友昭は渋々了承した。

　理科室は校舎四階の、東側の端にある。

　廊下の突き当たりが教室の入り口で、その手前右側に準備室がある。普段はどちらも鍵がかかっており、生徒は自由に出入りできないようになっていた。薬品や壊れやすい実験器具などがあり、危険だからである。いい生徒たちばかりでも、事故が起きない保証はない。

麻紗美は友昭を理科室に招き入れると、「ちょっと待っててね」と言い置いて、黒板横の通用口から準備室に入った。実験用の器具を持ってくるのだろう。

残された友昭は室内に漂うほんのり酸っぱい匂いを嗅ぎ、ノスタルジックな気分に包まれた。

(懐かしいな……)

化学薬品の残り香であろうそれは、過ぎ去った学生時代を思い起こさせた。友昭が通った中学校の理科室も、たしかこんな匂いがしたはず。

理科室ばかりではない。たまに校舎内を回って教室に入ると、それぞれに独特の匂いがあった。音楽室は楽器と、唾液の乾いた匂いがしたし、美術室は絵の具、技術室は木材の香りが漂っていた。

普通教室は学年が上がるごとに、なまめかしい芳香が強まる。おそらく女子生徒たちが成熟することで、椅子や机に女の匂いが染みつくのだろう。この違いは、中学生のときにはまったく気づかなかった。

「お待たせ」

準備室から麻紗美が戻ってくる。彼女は白衣を着ており、すっかり準備万端というふう。

ところが、その手に持ったものを認め、友昭は拍子抜けした。

「え、顕微鏡?」

「そうよ」

女理科教師がしれっとして答える。新品らしいそれを実験机の上に置き、シャーレやスポイトも用意した。

いくら新品でも、顕微鏡は顕微鏡である。ただ物を拡大して見るだけ。実験なんてレベルではなく、新入生の最初の段階で使い方を習うのではなかったか。

こんなもののために、わざわざ呼びつけたというのだろうか。いや、そんなはずはない。きっとこれは実験の導入段階で使用するのだ。

そう推察したものの、麻紗美がシャーレを目の前に差し出したものだから戸惑う。

「ここに出してほしいんだけど」

「え、何をですか?」

「友昭クンのからだの一部で、観察したいものがあるのよ」

言われて、最初に思いついたのは、染色体を調べる実験なのかということだった。たしか割り箸などで口の中をこすって粘膜をこそげ取り、顕微鏡で調べるのではなかったか。

学生時代に、細胞分裂の過程で現れる染色体をスケッチした記憶もある。ただ、それが人間のものだったかタマネギの根っこだったかは、ちょっと思い出せない。

「ええと、ここに採ればいいんですか？」

「そうよ」

「じゃあ、割り箸とか綿棒を使わないと」

「え、友昭クンって、いつもそんなものを使ってしてるの⁉」

驚いた顔をされ、友昭は面喰らった。

「あの、出すっていうのは、いったい──」

「精液だけど」

「せいえ──えええっ⁉」

「あたしは、精子が動く様子を観察したいの。動物のヤツは大学のときに何度か見たんだけど、人間のはまだだから」

答えてから、麻紗美が興味津々という顔つきで身を乗り出す。

「ていうか、友昭クンって割り箸や綿棒をどんなふうに使ってしてるの？」

どうやらオナニーのときにそれらを使用するものと勘違いしたらしい。

「そんなもの使いませんよ！　僕は普通に手で――」

余計なことを言いそうになり、焦って口をつぐむ。一瞬きょとんとした麻紗美は、けれど思わせぶりな笑みをこぼした。

「ふうん。やっぱりしてるんだね」

恥ずかしくて耳たぶまで熱くなる。今さら遅いと知りつつ、友昭は言い訳をごにょごにょと述べた。

「ぼ、僕はただ、口の中の粘膜を採って、細胞や染色体を観察するのかと……」

「わかってるわよ、そんなこと。友昭クンがオナニーのとき、尿道に綿棒や割り箸を突っ込んでるなんて思わないから安心して」

露骨なことを言われて、ますます狼狽する。だが、さらに信じ難いことが、彼女の口から告げられた。

「じゃあ、勘違いさせたお詫びに、精液を出すの手伝ってあげるわ」

「え？」

唖然とする友昭の前に、麻紗美が近くにあった丸椅子を置いて腰かける。断りもなくズボンに手をかけ、ベルトを弛《ゆる》めた。

「ちょ、ちょっと、来須先生」

「いい子だから、おとなしくしてなさい」

ぴしゃりと叱りつけられ、抵抗できなくなる。彼女は少しもためらうことなく、ブリーフごとズボンを足首まで落とした。

（嘘だろ、こんな――）

スーツ姿で下半身丸出しというみっともない格好で、友昭は身動きもできずに固まった。ペニスも急な展開についていけず縮こまったままで、ピンク色の亀頭をナマ白い包皮が半分近く隠していた。

「あは、かーわいい」

はしゃいだ声をあげられて、ますます居たたまれなくなる。こんな状況で精液なんて出せるはずがないと思ったものの、

「ううッ」

柔らかな指先が萎《な》えた筒肉を摘むなり、電流のような快美が走り抜ける。海綿体に血流がドクドクと流れ込み、分身はたちまち膨張して上向きになった。

「あ、すごい。ふくらんできた」

麻紗美が指を回してしごいたものだから、快感はうなぎ登りに高まった。

「あ、あ、ううう」

膝がカクカクと笑う。すぐにでもほとばしらせたくなったものの、完全勃起したところでキュッと強く握られ、どうにか危機を脱した。

「うわ、こんなに硬くなっちゃった。オチンチンが大きくなるところって、見たの初めてかも。イッたあとに小さくなったのは見たことがあるんだけど」

見た目や言動は子供っぽくても、やはり相応に経験は積んでいるようだ。それでいて、好奇心溢れる生徒みたいに、大きな目をくりくりさせる。

ただ、いっぱしの研究者ふうに白衣をまとった身なりとのギャップが著しい。友昭はいったい何が起こっているのかと、混乱するのを覚えた。

(来須先生、本当に精子を観察したいだけなんだろうか……)

そんなことでここまでするものかと、疑問がふくれあがる。実際、彼女は直ちに精液を搾り取ることはせず、ゆるゆると焦《じ》らすみたいに右手を上下させた。

「友昭クンのオチンチン、けっこうおっきいんだね。あんなに可愛かったのが、ここまでふくらんじゃうんだもん。びっくりしちゃった」

そして、くびれ付近に顔を寄せたものだからビクッとする。ひょっとしてフェラチオをするつもりなのかと期待したのであるが、麻紗美は小鼻をふくらませて亀頭の匂いを嗅いだだけであった。

「うん。ちゃんと綺麗にしてるみたいだね。白いアカもついてないし、あんまりくさくないよ」

あんまりということは、多少は匂うということである。一日仕事をしたあとだからやむを得ないとは言え、友昭は胸を掻《か》きむしりたくなるほどの羞恥に苛まれた。

「でも、あたし、男の子の洗ってないオチンチンの匂いって、けっこう好きなんだ」

無邪気な笑みを浮かべて言われても、困惑するばかり。彼女が言葉どおりにうっとりと鼻を蠢《うごめ》かせたのにも、居たたまれなさが募る。こんな辱めを受けるぐらいなら、さっさと射精に導いてほしかった。

ところが、麻紗美は緩やかにしごくだけで、精液を採取する様子がない。

初めて女性にペニスを愛撫され、気分が舞いあがるほど快いのはたしかだが、オナニーに慣れきっているから今ひとつ刺激が不足している。もどかしさが募り、これでは絶頂までかなりかかりそうだ。

(うう、早くしてよ)

イキたいのにイケないものだから、頭がヘンになりそうだ。カウパー腺液ばかりがトロトロと溢れ、頭部粘膜はもちろんのこと、巻きついて上下する指もヌメらせる。

友昭は堪えきれずに自ら腰を振り、少しでも快感を高めようとした。すると、彼女が強ばりの根元をギュッと握り、手コキをやめてしまう。

「こんなにいっぱいガマン汁を垂らしちゃって。ひょっとして、精液も出したいの?」

愛らしく首をかしげられ、友昭は苛立《いらだ》った。出したいも何も、自分が始めたことではないか。

「だって、精子を調べたいって、来須先生が言ったんですよ」

不満をあらわに言い返しても、麻紗美は「まあ、そうなんだけどね」とはぐらかすみたいに答えるだけだ。

「射精させてあげてもいいけど、その前に友昭クンに訊きたいことがあるのよ」

挑むような眼差しで見あげた女教師が、手の動きを再開させる。けれどそれはさっきよりも小刻みで、さらにもどかしいものであった。

「ううう、な、何ですか?」

頭の中が愉悦に蕩《とろ》け、一刻も早く楽になりたいと本能が訴える。理不尽な展開になっていることをおかしいと思う余裕すらなかった。

「友昭クンって、宮下先生とどういう関係なの？」

だが、この問いかけには快感が引っ込むほどに動揺する。

「か、かか、関係って!?」

思いっきりうろたえたことで、関係があるのだという確信を麻紗美に植えつけてしまったようだ。

「ふうん。やっぱり何かあるのね」

思わせぶりにうなずかれ、友昭は（しまった）と唇を引き結んだ。しかし、今さら遅い。

「苗字が同じだから、ひょっとして親戚なのかと思ったけど、やけによそよそしい感じだし。それに、友昭クンって宮下先生のこと、妙に気にしてたじゃない。怖がってるみたいなところもあったし」

どうやらかなり前から、事情がありそうだと怪しまれていたらしい。麻紗美はすぐ前の席にいるのだし、今日も由貴子の視線にどぎまぎしてしまったことに気がついたのではないか。

「いえ……べつに宮下先生とは、何も関係ないですよ。ただ、偶然苗字が同じっていうだけで」

しかし、そんな取り繕った返答で、すでに確信を抱いた彼女が納得するはずもなかった。

「あ、そうなんだ。あたしにも言えない秘密があるってことなのね」

「いえ、そんな秘密なんて何も――あ、あああッ！」

友昭は腰をガクガクと震わせた。麻紗美が再び手の愛撫を始めたのだ。しかも強く握り、しごく振れ幅も大きくして。

「あうっ、そ、そんなにしたら……あああ、で、出る――」

オルガスムスの波が襲来し、呼吸がハッハッと荒ぶる。鼠蹊部《そけいぶ》が甘く痺《しび》れ、溜まりきった溶岩流が噴火のカウントダウンを始めた。

ところが、残り2カウントで、手がパッとはずされてしまう。

「ああ、あ、あああ……」

友昭は情けない声をあげ、分身をビクンビクンとしゃくり上げた。鈴割れから白く濁った先走りが多量にこぼれ、筋張った肉胴を伝う。

「ふふ、イキそうになったのね」

麻紗美がベビーフェイスに似合わない艶《つや》っぽい笑みをこぼす。ペニスが落ち着いたのを見計らい、再び右手を添えた。

そして、ゆるゆると包皮をスライドさせる。

「ううう、も、もう――」

爆発の一歩手前で焦らされ、目の奥に火花が散る。このままでは本当にどうかなってしまいそうだ。

「ほら、イキたいんでしょ？　だったら、ちゃんと教えなさい」

甘美な責め苦に、とうとう友昭はオチた。

「宮下先生は、い、従姉なんです」

父親同士が兄弟で、幼いころから仲が良かったことまで打ち明けたものの、かえって麻紗美は疑念を募らせたようだ。

「だったら、どうして今はよそよそしくしているのよ？」

「それは――ただ公私のけじめをつけようってことで」

「嘘だわ。絶対に何かあるに決まってるもの。でなきゃ、あんな不自然な態度はとらないはずよ」

柔らかな指が敏感なくびれをこする。腰が砕けそうな気持ちよさに「くああ」と声をあげ、友昭はまたも多量のカウパー腺液を溢れさせた。

それが赤く腫れた亀頭粘膜に、ヌルヌルと塗り広げられる。

「あああ、や、やめ――」

くすぐったさの強い快感に、目の奥が絞られる。勃起の根元に溜まった欲望液がフツフツと煮えたぎり、さっさと降参しろと訴えていた。

「白状しないと、絶対にイカせてあげないからね」

長引く喜悦に、陰嚢《いんのう》が下腹にめり込みそうなほど持ち上がっていた。固く縮こまったそこに、女教師の左手が触れる。

「うはぁああああッ！」

むず痒いような快さが、オルガスムスを呼び込む。牡の急所が性感ポイントであることを、友昭は初めて知った。

けれど、またも爆発寸前で手がはずされる。

「ほら、キンタマも感じるんでしょ？　ここをナデナデされながら射精したら、きっとすごく気持ちいいわよ。精液もいっぱい出るんじゃないかしら」

きっとそうに違いないと自分でもわかるから、絶頂を望む欲求がマックスまでふくれあがる。

（ええい、こうなったら――）

友昭は観念し、従姉である由貴子とのことを包み隠さず話した。

3

父親同士が兄弟で、家も同じ市内にあったため、従姉の由貴子とは幼い頃から仲良くしていた。お互いにひとりっ子だったこともあり、友昭は五つ年上の彼女を、本当の姉のように慕っていた。

そして、由貴子のほうも、本当の弟みたいに可愛がってくれたのである。遊びに行くと、彼女はいつも本を読んでいた。それも挿絵のない、文字ばかりの本で、幼い友昭には従姉がずっと大人の存在に思えた。

だからこそ憧れの気持ちが強まり、いつしか恋心へと発展したのだろうか。

由貴子が異性であることを強く意識したのは、小学校の低学年のときだ。夏休みに田舎の祖父の家へ行き、伯父一家と合流した。

その晩、大人たちは宴会で盛りあがり、子供だけで風呂に入るよう言われたのである。

当時、由貴子は中学生になったばかりだった。なのに、友昭との入浴を拒まなかったのは、五つ下の従弟をほんの子供としか見ていなかったからだろう。

おかげで友昭は、第二次性徴を迎えた鮮烈なヌードを間近で眺めることができた。

とは言え、さすがにじっくり観察するわけにはいかない。むしろ照れくささを誤魔化すためにわざとはしゃいで、彼女のほうに顔を向けないようにしていた。

それでも、円錐状にぷっくりと盛りあがった幼い乳房や、疎《まば》らに生えた股間の繁みは、鮮烈な光景として目に焼きつけられた。特に秘毛が生えていたことで、従姉が自分よりもずっと大人であることを強く印象づけられた。

加えて、ミルクのような甘い体臭にもときめきを禁じ得なかった。勃起こそしなかったものの、ペニスのあたりが妙にムズムズするのを覚えた。

しかしながら、はっきりした性的な欲望を彼女に抱くようになったのは、それからずっと後のことだ。

成長と共に従姉への恋慕が増すにつれ、悲しいかな関係は疎遠になってゆく。それぞれの生活や、同世代の友人との交流があるのだからやむを得ない。

最低でも月に一度は会っていたのが、ふた月に一度、三月に一度と機会が減ってゆく。焦れったいがどうすることもできない。しょっちゅう訪ねたら変に思われるのではないかという、少年らしい意識過剰とプライドも、彼女を求めたい気持ちを抑制した。

読書好きだったためか、それとも受験勉強に熱が入りすぎたためか、由貴子は中学三年の後半から眼鏡をかけるようになった。

もともと生真面目な印象すら与える整った顔立ちであったのだが、眼鏡によっていっそう理知的な雰囲気になる。けれど優しくて面倒見がいいところは変わらず、会ったときには笑顔で声をかけてくれた。

友昭はますます恋心が強まるのを感じた。優しくて綺麗な従姉が、学校で軽薄な男子生徒たちに言い寄られているのではないか。年下であるがゆえの心配と不安に胸を焦がし、悶々とすることが多くなった。

その積み重なった思いが、欲望にまみれた行為へと駆り立てたのだろうか。

友昭が中学二年のとき、母親に言われて伯父の家に届け物をした。残念ながら由貴子は大学に行って不在であったが、

「もうすぐ帰ってくると思うから、あがって待ってなさい。あの子も友くんに会いたがってたのよ」

伯母に勧められ、友昭は妙に礼儀正しく「わかりました」と答えた。内心は飛

び上がりたいほど嬉しかったのを、どうにか誤魔化したのである。

そして、リビングではなく由貴子の部屋に通された。

そこに入るのは、一年ぶりぐらいではなかったろうか。女性らしく整頓された室内はさほど変わっていないようでも、高校生のときにはなかったドレッサーがあるのに気づき、モヤモヤしたものを感じる。大きな鏡の前にメイク用品が並んでおり、大学へも化粧をして出かけているのだろう。

優しい従姉が別世界の存在になった気がして、友昭はショックを隠せなかった。あるいはすでに恋人がいるのではないか、その恋人とキスやセックスをしているのではないかと、考えたくもないことが次々と浮かんでくる。

（由貴姉ちゃんはあんなに綺麗なんだし、男がほっとくわけないよな）

やるせない思いに苛まれ、その場から逃げ出したくなる。それでも久しぶりに会いたいという気持ちは消せず、踏み止《とど》まるような思いでベッドに腰をおろした。

部屋の中には甘い香りがほのかに漂っていたのだが、ベッドの周辺は特にそれが強い。心を揺さぶられる悩ましさも感じて、いつしか友昭はうっとりとかぐわしい残り香を嗅いでいた。

と、たたんだ掛布団の上に、脱いだパジャマが置かれていることに気がつく。

カバーと似たような花柄だったから、すぐにはわからなかったのだ。

寝汗を吸っているであろうそれには、従姉の匂いが染みついているはずである。そう考えたら矢も盾もたまらなくなり、友昭はそっと顔を埋めた。手に取らなかったのは、少しでも動かしたらバレそうな気がしたからだ。

(ああ……)

なまめかしい香りが鼻腔をいっぱいに満たす。汗くささは少しも感じられない。いや、きっと汗そのものも甘いに違いないと信じられる、ミルクにも似た心ときめく芳香だった。

(由貴姉ちゃんの匂いだ——)

彼女の優しい性格を思い起こさせるパフュームに、身悶えしたくなる。もはやバレてもかまわないと、パジャマを摑《つか》んで顔に押し当てた。

そのとき、下に隠れていた薄物が手に触れる。

(え?)

まさかと思って確認すると、それは桃色のパンティであった。今朝穿《は》き替えて、あとで洗うつもりで脱いだものを残していったのだろう。

胸が不穏なときめきを示す。パジャマ以上に肌に密着していたものだ。しかも、中学生の少年にとっては神秘的な存在である、女性の最も秘められたところに。

それゆえに、手にとってはいけないと良心が強く命じる。汚れ物を悪戯《いたずら》されたと知ったら、由貴子はきっと嫌な気分になるであろうし、怒るに違いない。

だが、理性的に振る舞うことを潔しとしないほど、従姉のパンティは魅力的であった。

（ちょっと見るだけだから）

自らに言い訳して、震える指で薄布を裏返す。最も興味を惹《ひ》かれたのは、やはり秘部が密着していたところだ。

クロッチの裏には、白い布が縫いつけてある。中心はうっすらと黄ばみ、糊が乾いたみたいな痕跡があった。

（ここに由貴姉ちゃんのアソコが――）

かつて一緒に入浴したときに目撃したのは、肌が透けて見える疎らな縮れ毛と、その奥にちょっとだけ見えた肉の裂け目だ。けれど、今はあれ以上に恥毛が生えそろっているだろうし、単純な割れ目ではなくなっているのではないか。もちろん、大人の女性器はネットでしか見たことがないから、どんなふうなのかはっきりとはわからないのだが。

そして、裾のフリルに短くて細い毛が絡みついているのも発見し、ますます心が乱れる。

鼻を寄せなくても、その部分からは酸っぱいような匂いが漂っていた。もっとしっかり嗅ぎたくなり、友昭はクロッチの裏地を鼻先に押し当てた。

「ああ……」

思わず声が洩れる。不思議なことに密着すると酸っぱさが薄らぎ、チーズのような悩ましい薫味《くんみ》が強くなった。

初めて嗅ぐ異性の秘められた臭気は、パジャマに染み込んでいたものとは異なり、はっきりいい匂いだと断定できるものではない。なのに、ずっと嗅いでいたいほど魅力的で、友昭は本能が求めるままに深々と吸い込んだ。

（たまらない――）

気がつけば、ペニスはかつてないほど硬くそそり立ち、ズボンの前を突っ張らせていた。

すでにオナニーは毎日の習慣になっている。強ばりきったものをあらわにし、しごきたい衝動にかられたものの、わずかに残った理性によって快楽希求を抑制した。それを始めたら射精しないことには気が済まず、大好きな従姉の聖域を侵すことになると危ぶんだのだ。

代わりに、パンティを隅から隅まで嗅ぎまくる。クロッチの端、腿の付け根にこすれるところはフリルがわずかに汚れ、ケモノっぽい匂いがした。それにも幻滅することなく、むしろ生身の人間であることへの親しみが募った。

そうやって夢中で秘香を堪能していたから、階下の物音にも、部屋の外に近づく足音にも気づかなかったのだ。

カチャ——。

ドアが開けられ、ようやく我に返る。ギョッとして薄物を顔から離した友昭は、入り口に佇《たたず》む人物に息を呑《の》んだ。

「ゆ、由貴姉ちゃ——」

部屋の主たる女子大生が、戸惑いを浮かべてこちらを見つめている。嫌悪や驚きの表情でなかったのは、従弟が何をしているのかわからなかったからではないのか。

だが、絶対に知られたくない恥ずかしい行為を目撃され、中学生の少年が冷静に対応できるはずがなかった。

「わあああっ！」

友昭は叫び声をあげ、由貴子を押しのけて部屋から飛び出した。そのまま後ろを振り返らず、自宅へと逃げ帰る。

ようやく落ち着きを取り戻したのは、自分の部屋に入ってベッドにもぐり込み、十分も過ぎてからであった。

（……うう、まずいところを見られちゃった）

けれど、従姉が咎める態度を示さなかったことを思い出し、あるいは破廉恥な行為に気づかなかったのかもしれないと、わずかな期待に縋《すが》ろうとする。ところが、友昭は彼女のパンティを握りしめたままであったのだ。

（もしも由貴姉ちゃんが、下着がなくなっていることに気がついたら――）

あの場で匂いを嗅いでいたことがバレなくても、結局は同じことだ。汚れた下着を従弟が盗んだとわかれば、それで何をするのかなんて考えるまでもないだろう。ずっと想いを寄せていた女性から軽蔑されるのは間違いなく、それは何よりも耐え難いことであった。

死にたいぐらいに落ち込んだ友昭が最初にしたのは、結果的に盗んでしまったパンティを洗うことだった。そのまま持っていたら、誘惑に抗《あらが》いきれず匂いを嗅ぎ、オナニーをしてしまうだろう。決してそんなことはしないと証明したかったのである。

もっとも、一番わかってもらいたいひとに、その誠実な行動を伝えることはできなかったが。

洗ったものはドライヤーで丁寧に乾かし、チャック付きのビニール袋に入れて机の中にしまった。ところが、いつか返そうとそのときは決心したものの、軽蔑されているに違いないという思いから、従姉を避けるようになった。彼女の家に行かないのはもちろんのこと、親戚の集まりも部活や勉強が忙しいなどと理由をつけて免《まぬが》れた。

大学を卒業した由貴子が教師になり、遠く離れた市に赴任したと聞かされたときには、正直ホッとしたものだ。このまま一生会えなくなるかもしれないと考えると、さすがに胸が痛んだものの、面と向かって蔑《さげす》まれたり、拒絶されたりするよりはずっとマシだった。

会うことはできなくても、彼女のことが変わらず好きだったのである。

他の異性と親しい交流を持てずにいたのは、従姉のことが忘れ難かったためと、みっともない過ちが尾を引いていたせいだ。下着の匂いを嗅いでうっとりしたときのことを思い出すと、後悔と羞恥に転げ回りたくなる。あんなことをしでかしながら、どうして真っ当な男女交際ができるだろうか。

とにかく、自分自身が許せなかったのだ。

そうして学校事務職員として採用され、赴任先の中学校で由貴子と再会したとき、友昭は驚きを通り越して茫然となった。教員であれば前もって同じ職の身内を調査し、勤務先が重ならないよう配慮するそうであるが、事務員だからそこまで調べなかったようなのである。

当然ながら、由貴子のほうも驚きをあらわにした。そして、少しも懐かしがることなく、むしろ戸惑いを浮かべて目を逸《そ》らしたから、あのときのことを忘れていないのだと友昭は悟った。

だからこそ、ふたりの間柄を同僚に話すことなく、無関係を装うことにしたのだ。

宮下なんて珍しい苗字ではないから、身内ではないのかと勘繰られることはなかった。ただ、もしも由貴子が公言したら、そのときは認めるしかあるまい。覚悟はしていたけれど、彼女も打ち明けることはなかった。

(僕みたいな男が従弟だなんて、知られたくないんだろうな)

卑屈に捉《とら》えたものの、おかげで恥ずかしい過去を暴露されずに済む。それだけでも良しとせねばなるまい。

　もっとも、同じ職場の同僚である以上、完全に無視するわけにはいかない。事務職員として全職員に対応せねばならず、由貴子のほうも給与であるとか、予算執行のことで友昭に話しかけてくる。

　そういうときには、いとこ関係であることなどおくびにも出さず、文字通り事務的に応対した。親しく話せた幼い頃を思い返し、どうしてこうなったのかと悲しみがこみ上げたものの、すべては身から出た錆《さび》なのだ。

　こうして、特に申し合わせたわけでもないのに、表面上は穏やかに日々を過ごせていた。とは言え、心情的にまったく平穏だったわけではない。

（由貴姉ちゃんは、僕のことをどう思ってるんだろう……）

　汚れた下着を盗むなんてどうしようもない変態だと、軽蔑されて当然のことをやらかしたのは事実だ。けれど、強い性欲に翻弄される年頃だったのであり、仕方ない部分もあると捉えてくれないだろうか。実際、由貴子はあのころの友昭と同い年の少年たちを担任しているのだから。

　しかしながら、それが都合のよすぎる考えであることも承知している。盗まれた彼女だってきっと恥ずかしかったのであり、そう簡単には許せないのではないか。だいたい、もしもわだかまりを払拭《ふっしょく》できていたのなら、再会したときに笑顔を見せてくれたはずなのだから。

とにかく、毎日のように顔を見ていても、元通りの関係には戻れそうにない。友昭は由貴子のことをすっぱり諦めようとした。

それには他の女性と付き合うのが一番である。ところが、長年の習慣ですっかり奥手になってしまい、異性に対しては身構え、過剰に反応するようになった。そのせいで、今回も麻紗美に妙なことを言ってしまったのだ。

セックスが未経験だからこうなるのかもしれない。せめて童貞だけでも捨てたいと思っても、風俗に行く度胸などなかった。性欲だけは人並みにあるから、欲望を右手で処理するだけの生活が続いていた。

ただ、由貴子のことでひとつだけ気になることがある。友昭はときどき、彼女の視線を感じることがあった。

初めのころはたまたま目が合ったという程度で、向こうがすぐに顔を背けてしまう。やっぱり嫌われているのかと悲しくなったけれど、最近では憐れまれているというか、睨まれている感じすらしていた。そして、こちらが気がついて視線を返しても、由貴子は目を逸らしたりしない。むしろじっと見つめてくる。

もしかしたら、どうしてあのときのことを謝らないのかと、怒っているのだろうか。再会してからもう半年近く経つのである。

だったら、今でもアパートの机の引出しにしまってあるパンティを返して、きちんと謝罪すべきかもしれない。そうすれば彼女も許してくれて、以前のような関係に戻れるのではないか。

だが、そうすることは、おそらく風俗に行く以上に勇気を要することであった。

結局すべてをうやむやにしたまま卑屈に背中を丸め、日々をやり過ごしている。情けないと感じつつ、友昭にはどうすることもできなかった――。

「へえ……そんなことがあったの」

感心したような呆れたような、複雑な表情を見せた麻紗美であったが、軽蔑されたわけではなさそうなので安心する。年頃の男子にはありがちなことと、中学教師として理解してくれたのかもしれない。

ただ、今でも睨まれている気がすると話したことについては、「考えすぎじゃないの?」と、あまり本気にしていない様子だったが。

友昭がすべてを打ち明けたのは、単純に射精したかったからでも、自棄になったからでもなかった。いつまでも由貴子と仲違いをしたままでいいはずがなく、だったら麻紗美に相談すれば解決策が見つかるかもしれないと思ったのである。

「でも、たしかに視線を感じるんです。気のせいなんかじゃなくって。今日だって、来須先生と職員室で話していたとき、由貴姉――み、宮下先生は、僕のほうをじっと見てたんですから」

「ふうん」

白衣の女教師が唇をへの字にして首をひねる。だが、どこか納得しがたいという顔つきだ。罪悪感のせいでそんな気がするだけだと考えているのだろうか。

「僕、これからどうしたらいいんでしょう?」

不安をあらわに訊ねたものの、ペニスをいきり立たせたままでは、いささか間が抜けていたであろう。麻紗美もきまり悪そうに顔をしかめた。

「ま、とりあえずこれを処理してからにしましょ」

友昭にシャーレを持たせると、右手で肉根を握り、左手で陰嚢を捧げ持つ。

「あたしが出してあげるから、こぼさないようにちゃんと受けとめてよ。顕微鏡で調べるんだからね」

どうやら本当に精子を観察するつもりらしい。そして、今度は焦らすことなく、リズミカルな動きで手淫奉仕をする。

「あ、あ、来須先生——」

「どう、気持ちいい?」

「はい、すごく……あああ、もう、出ちゃいそうです」

「いいわよ。いっぱい出しなさい」

強ばりきった肉棒が摩擦され、真下のフクロも優しく揉み撫でられる。彼女が言ったとおり、それは狂おしいまでの悦びをもたらした。

(こ、こんなのって)

蕩けた脳が快楽一色に染められる。膝と腰が不安定にわななくのを、どうすることもできなかった。

「あうぅ、いく——で、出ます」

目のくらむ快美感に意識を飛ばし、友昭は濃厚な牡液を勢いよく発射した。

びゅるんッ——。

最初のほとばしりは予想以上に飛び、前にかざしたシャーレを越えて女教師の白衣をべっとりと汚す。けれど、麻紗美は怯《ひる》むことなく愛撫を続け、残りのぶんはどうにかうまく受けとめることができた。

（すごすぎる……）

オナニーとは比べものにならない快感は、魂までも抜かれそうに深いものであった。そのため虚脱感も著しく、しなやかな指で強くしごかれ、最後の雫《しずく》をドロリと溢れさせるなり、膝から崩れ落ちそうになった。

「うわ、すっごく出たね。溜まってたの？」

ガラスの平皿にのたくる多量の白濁液に、麻紗美が目を丸くする。だが、昨夜も日課の自慰に耽ったから、溜まっていたわけではない。やはり焦らされたせいなのだ。

漂う青くさい匂いも気にならない様子で、彼女はシャーレを受け取ると、手際よく観察の準備をした。スポイトでドロドロした粘液を吸い取り、プレパラートに移す。

「精子は空気に触れると死んじゃうから、急がないとね」

説明しながら採取した研究素材を顕微鏡にセットし、レンズを覗き込んで焦点を調節した。

「あ、見えた。わあ、すごい。動いてる」

はしゃいだ声を聞きながら、友昭はそばの椅子にのろのろと腰かけた。自身の

欲望液を好きに扱われるのは気恥ずかしく、居たたまれないばかりだ。だから、

「ねえ、友昭クンも見てみない？」

振り返った麻紗美に誘われても、力なくかぶりを振った。

「えー、見ればいいのに。すっごく元気な精子だよ。こんなのをおまんこに注ぎ込まれたら、一発で妊娠しちゃうかも」

卑猥な単語を用いてのセックスを示唆する発言に、友昭は動揺した。

4

「だけど、友昭クンの精液、すっごく飛んだよね。やっぱり白衣を着てて正解だったわ」

実験器具の後始末を終えてからも、麻紗美は未だ昂奮冷めやらぬというふうであった。白衣の胸もとに残る生乾きの牡液を、拭《ぬぐ》おうともしない。

それにしても、まさかザーメン対策でそんな格好をしていたとは思わなかった。続けて他の実験に着手する様子はないから、これで自分は用済みらしい。

（わざわざ呼びつけておいて、結局用があったのは僕じゃなくって、精液だけだ

ったんだな）

由貴子との件を相談しようとしたこともどうでもよくなり、友昭はブリーフとズボンを引きあげようとした。断りもなく穿いたら叱られそうな気がして、丸出しのまま椅子に腰かけていたのだが、さすがにもういいだろうと思ったのだ。けれど、彼女から「あ、待ってよ」と止められてしまう。

「え？」

「オチンチン、ちゃんと綺麗にしてあげるから」

そこまでしてもらわなくてもよかったが、申し出てくれたのを断る理由はない。

「ね、ここに坐って」

言われるままに実験机に腰かけると、麻紗美がその前に椅子を置いて坐る。脚を開かされるなり、唐突に彼女が股間に顔を伏せたものだから、友昭は仰天した。

「え、ちょっと――」

声をかけるより先に、萎えていた牡器官が咥《くわ》えられる。舌がまといつき、ピチャピチャと音がたつほどに舐め回された。

「くぁあああ」

身悶えしたくなるほどにむず痒かったのは、ほんの数秒だった。海綿体が充血してふくらみ出すと、それが快感と入れ替わる。

（……僕、フェラチオをされてる）

きっと気持ちいいのだろうと憧れるしかなかった愛撫を、年上の愛らしい女教師から施されている。しかも、勤め先である学校で。

手でされたときとは比べものにならない背徳感が、悦びを倍加させる。まつわりつく温かな唾液と、舌のヌルッとした感触もたまらない。たちまち屹立《きつりつ》したペニスは、亀頭を痛いほどに膨張させた。

「うわ、もう勃《た》っちゃった」

強ばりから口をはずした麻紗美が、嬉しそうに口許をほころばせる。鈴口と唇を粘っこい糸が結び、それを舌でぺろりと舐《な》め取った。

「元気だね、友昭クン。だけど、これで舐めやすくなったわ」

再び口を寄せた彼女は、今度はアイスキャンディでも舐めるみたいに、下から上へと丹念に舌を這《は》わせた。筋張った肉胴に唾液を塗り込めると、赤く発色した頭部を口に入れ、温かな中でしゃぶってくれる。

「ああ、そ、そんなにしたら——」

友昭は机の上で尻をくねらせ、息を荒ぶらせた。目の奥に快感の火花が散り、高速充塡《じゅうてん》された新たなザーメンが、早くも外に出たいと暴れ回る。

だが、麻紗美は射精させるつもりはなかったようで、肉茎が断末魔の脈動を示すと口をはずした。艶めいて濡れ光る亀頭粘膜を見つめ、満足げにうなずく。

「うん。綺麗になったわ」

と、鈴割れに丸く溜まったカウパー腺液に気がつくと、尖らせた唇を寄せる。チュウと強く吸われ、友昭は危うく爆発するところであった。

「あのね、そんなに気にすることないと思うよ」

お口のクリーニングを施したペニスを握り、麻紗美が見あげてくる。友昭は息をはずませながら「え?」と訊き返した。

「宮下先生のこと。そんな昔の出来事なんか、いつまでも根に持ってたりしないってば。だいたい、友昭クンも中学生のコドモだったんだし」

「だけど、それならもう少し優しくっていうか、せめて普通に接してくれてもいいんじゃないでしょうか」

「それはほら、友昭クンが今でも悩んでいることがわかるから、宮下先生もどうすればいいのかわからなくなってるんじゃないかしら。今はお互いに探り合っているような状況だと思うけど」

そうだろうかと、友昭は首をかしげた。

たしかに自分が気にしすぎているものだから、由貴子の反応を悪いほうに捉えている部分はあるだろう。あれ以来ずっと避けていたこともあり、そのせいで彼女も戸惑っているのかもしれない。

(だとすると、由貴姉ちゃんが睨んでるのは昔のことを責めているわけじゃなくて、単に今の僕がよそよそしいものだから怒ってるってこと?)

あり得るかもしれないが、確信は持てない。もしも違っていたらと考えると、本人に確かめる勇気もなかった。

そうやってウジウジ悩んでいると、麻紗美が眉をひそめる。

「ねえ、友昭クンって童貞だよね」

質問ではなく断定の口調に、友昭は言葉を失った。目を見開いて口をパクパクさせるのが精一杯で、これでは肯定したも同じである。

「やっぱりね。前から思ってたけど、友昭クンっていかにも女に慣れてない感じがするもん。オチンチンもすごく敏感だったし」

年上の女教師にじっと見つめられ、頬が熱くなる。どうやらかなり以前から、そうであると見抜かれていたらしい。

「つまり、ずっと宮下先生が好きだったってこと?」

問いかけに、友昭は不承不承うなずいた。すると、麻紗美が「んー」と首をかしげる。

「まあ、一途なのはいいことだけど、そのせいでにっちもさっちも行かないってんじゃ、どうしようもないじゃない。ここはしっかり大人になるべきだと思うし、それにはさっさと初体験を済ませるのが手っ取り早いわ」

「でも……」

「友昭クンだって、エッチしたい気持ちはあるんでしょ? オチンチンもこんなに大きくなってるんだし」

「まあ、それは」

「だったら迷うことはないじゃない。ねえ、あたしが初めてのオンナになってあげようか?」

午後に彼女と話をしたとき、ひょっとしたらそういうつもりがあるのではないかと妄想した。けれど、実際に言われてみれば、嬉しさよりも驚きと戸惑いが先に立つ。

「く、来須先生が——!?」

うろたえる友昭に、麻紗美は畳みかけた。

「結局、女に慣れていないから従姉相手にもオドオドしちゃうわけでしょ？　自信をつけるためにも童貞なんかさっさと捨てて、もっと男らしく堂々としたほうがいいと思うわ。そうすれば宮下先生ともうまくいくはずよ」

言い切ってから、けれど不安げな眼差しを浮かべる。

「ひょっとして、あたしなんかが相手じゃダメ？　女としての魅力もないし、エッチなんかしたくない？」

「そそ、そんなことないですっ！」

せっかくのチャンスを逃すまいと、友昭は必死で訴えた。すると、彼女が口許を愛らしくほころばせる。

「だったら、思い立ったが吉日よ。あたしがひと肌脱いであげるから、さっそくしましょ」

告げるなり、ペニスを離して立ちあがった麻紗美が、白衣の前を開く。教師らしい地味なタイトスカートの下に手を入れると、パンティをするすると脱ぎおろした。

文字通りにひと肌脱がれ、いきなりこんな展開になると予想しなかった友昭は、呆気にとられた。と、白い薄物を白衣のポケットに入れた彼女にじっと見つめられ、ドキッとする。

「そこから降りてもらえる?」

「え？　ああ、はい」

焦って机から飛び降りたものの、ズボンと下着が足首に絡まったままだったから、危うく転びそうになる。

麻紗美はタイトスカートをたくし上げると、「よっ」と声をかけて実験机にヒップを乗せた。シューズを脱ぎ捨て、お行儀悪く両足も机に乗せる。

「ほら、ここにオチンチンを挿《い》れるのよ」

大胆なM字開脚ポーズで股間を晒した女教師に、友昭は息を呑んだ。ネットの無修正画像でしか知らない、ナマの女性器がそこにあった。

秘毛は短めで色も淡いが、面積は広い。恥丘に扇型を描くばかりか、色素の沈着した女陰周辺にも生えていた。さらに、わずかに覗くアヌスのほうまで範囲を広げているようだ。

顔は可愛いのに、その部分はいささかケモノっぽい眺めである。毛の生え方はキウイフルーツにも似ているかもしれない。

肉割れからはみ出した花弁も大ぶりで、端っこが色濃く染まっている。二枚がわずかに開いた内側に、濡れ光るピンク色の粘膜が見えた。

「ほら、そこに坐って、ちゃんと見るのよ」

促《うなが》されて、友昭はさっきまで彼女が坐っていた椅子に腰かけた。身を屈《かが》め、同じ目の高さで女性器を見つめる。

(ああ、なんていやらしいんだ……)

そそり立ったままのペニスがしゃくり上げ、下腹をぺちぺちと打ち鳴らす。またも溢れた先走り液が、粘っこい糸を引いているのが見なくてもわかった。

「今だとネットとかでおまんこも見放題だけど、本物は初めてでしょ?」

問いかけに、友昭は無言でうなずいた。目にしているものが衝撃的すぎて、彼女の口から出た卑猥な四文字言葉にドキッとさせられることもない。

実物は当然ながら、画像以上に生々しかった。けれどそれは見た目ばかりではなく、むわむわと漂うぬるくて酸っぱい匂いのせいもあっただろう。

視界の両側から指が侵入し、肉唇に添えられる。花びらが左右にくつろげられ、透明な蜜にまみれた粘膜の淵があらわになった。

「ほら、膣の入り口があるのわかる?」

菱形に晒《さら》された内部の下側に、息吹くように閉じたり開いたりする洞窟が見える。いかにも何かを咥え込もうとしているみたいで、友昭は胸騒ぎすら覚えた。そこにペニスを挿れたら、たしかに気持ちよさそうである。

「エッチするには、濡れてなくちゃいけないの。気持ちよくなれば濡れるから、そこ、舐めてくれる？」

見あげると、麻紗美が期待に満ちた眼差しを向けている。そうされたくて仕方ないという気持ちが、顔つきにも表れていた。

「はい」

友昭は素直に返事をして、あらわに開かれた女陰に顔を寄せた。不思議なことに、近づいたことで酸味成分が薄らぎ、悩ましい乳酪臭が強くなる。

（濡れてなくちゃいけないって、もうけっこう濡れてるみたいなんだけど）

見ているあいだにも粘膜部分が潤ってくる。もしかしたらペニスをしごいたりしゃぶったりしたために、昂奮したのではないだろうか。

（来須先生のほうが、セックスしたくてたまらなくなっているのかも）

ただ、初めての男を相手に満足を得ることは難しいだろうから、クンニリングスで快感を得ようとしているのではないか。そんなことを考えながら鼻を蠢《うごめ》かしていると、女芯が焦れったげに収縮した。

「ちょっと、いつまで見てるのよ」

麻紗美が待ちきれないというふうになじる。ヒップももどかしげにくねった。

「いえ、見てるわけじゃなくって」

「だったら何よ？」

「来須先生のここ、とってもいい匂いがするから」

正直に言うなり、「ば、馬鹿ッ！」と叱りつけられる。

「匂いなんてどうでもいいから、は、早く舐めなさいっ！」

見られるのは平気でも、匂いを嗅がれるのは恥ずかしいらしい。麻紗美は焦り気味に、肉割れの上部にはみ出したフード状の包皮を剝《む》き上げた。すると、艶めくピンク色の真珠があらわになる。

「ほら、ここを舐めるのよ。童貞でもこのぐらいは知ってるでしょ？　クリトリスよ」

その程度の知識なら友昭にもある。そこが女性の最も敏感な部位であることも理解していた。

だが、包皮が剝かれるなりチーズのような香ばしさがプンと漂ったものだから、また鼻を蠢かせてしまう。よく見れば、亀頭のミニチュアみたいな秘核の裾に、薄白いものがこびりついていた。

(これ、恥垢なのかな?)

女性にもそういうものがあると知って、激しく昂奮する。年上ぶった女教師の弱みを暴いた気にもなった。

そうなると、何もせずに見ているだけでは我慢できなくなる。いかにも舐めたら気持ちよさそうな肉芽に、友昭は鼻息を荒くして吸いついた。

「きゃふッ!」

軽く吸っただけで、麻紗美が子犬みたいな嬌声をあげる。女芯全体がキュッとすぼまった。

さらに舌先でチロチロと舐め転がせば、わななきが下半身全体に広がった。

「はうう、か、感じる――」

下腹が波打ち、熱を帯びた陰部が媚臭を濃く揺らめかせる。自らクンニリングスをせがんだだけあって、彼女は舐められるのがかなり好きらしい。

秘核にこびりついたものがボロボロと剝《は》がれる。白い付着物はやはり恥垢だったようだ。唾液に溶かして味わえば、それはほんのりと苦かった。

気がつけば、恥割れに白く濁った蜜が溢れそうに溜まっている。一部はすでに会陰を伝い、セピア色の秘肛を淫らにヌメらせていた。

「あ、あふ、気持ちいい——お、おまんこの中も舐めてぇ」

麻紗美が女陰を大きくくつろげ、粘膜をいびつな菱形に晒す。そこから愛液が垂れる前に、友昭は尖らせた唇をつけてぢゅぢゅッとすすった。

「あああ、そ、それいいッ！」

実験机の上で、ヒップがくねくねと躍る。恥裂に差し込んだ舌を律動させると、とうとう坐っていられなくなったか、股間を晒した女体がころりと仰向けた。両膝を手で抱え、アヌスまでまる見えの破廉恥なポーズをとる。

キュッと引き結んだ放射状のツボミは、女性器よりも可憐な眺めであった。排泄口であるとは信じ難く、けれど鼻を寄せてすんすんと嗅げば、ほのかに香ばしい発酵臭があった。学校のトイレは洗浄機がないから、出勤してから大きいほうの用を足したのかもしれない。

あるいは恥垢よりも恥ずかしいであろう、おしりの正直な匂い。だが、こうして大胆に見せつけているということは、そこも舐められたいのではないか。

匂いもまったく気にならず、むしろ胸を躍らせながら、友昭は秘肛を舌先でチロチロとくすぐった。すると、ツボミが悩ましげに収縮する。

「あ、あ、そこは――」

戸惑いをあらわにされ、さすがに叱られるだろうかと舌を引っ込める。だが、麻紗美は頭をもたげると、目許を恥じらいに染めて見つめてきた。

「い、いいの？　そんなところまで舐めてもらって」

嫌がっているわけではなく、申し訳なく感じているらしい。つまり、できればしてもらいたいということだ。

そうとわかったから、友昭は再びアヌスに舌を這わせた。

シワのあいだに溜まった味も匂いもこそげ落とすつもりで、丹念にねぶる。恥垢とは異なる甘苦さがあり、けれど好ましいのは一緒だった。

「ああ、あひッ、く――ううううぅ」

ストレートな悦びこそ口にしなかったものの、麻紗美は単なるくすぐったさだけではない感覚を得ていたようだ。尻の谷をせわしなくすぼめ、内腿をピクピクと痙攣させた。

恥割れには粘っこい蜜が多量に溜まり、表面張力の限界を越えて今にも滴《したた》りそうだ。そうなる寸前に口をつけ、すすり取って喉に落としてから、舌を膣口にも侵入させる。

「あおお……」

小刻みにクチュクチュと出し挿れさせれば、唸《うな》るようなよがり声が聞こえる。より深いところで感じているふうで、舐める場所によってこんなにも反応が異なるなんて意外であった。

(女性のからだって、けっこう複雑なんだな)

童貞の身ながらも悟り、いっぱしの男になった気分にひたる。どうせなら、このまま年上の女を絶頂まで導きたかった。

(そうすると、やっぱりクリトリスかな)

ふくらんで硬くなり、自ら包皮を脱いだ敏感な真珠は、恥垢も取れてツヤツヤと輝いている。それを唇で挟み、友昭は舌を高速で躍らせた。

「あああ、あ、す、すごいのぉ」

重たげなヒップが上下にはずみ、抱えた脚がじたばたと暴れる。やはりそこが最も感じるようである。

初めてのクンニリングスだったからこそ、友昭は丁寧な舌づかいを心がけた。どうすればより気持ちいいのかと、相手の反応をしっかり見極めながら攻めるポイントを探ったのだ。

おかげで、麻紗美をオルガスムスに至らしめることができたのだろう。

「あ、あ、イッちゃう、イク――」

抱えていた膝を離し、女教師が下半身をバウンドさせる。足を机上について尻を浮かせ、ブリッジでもするみたいにのけ反った。

「くうううう、い、イクぅッ！」

最後に鋭いアクメ声を放ち、あとはぐったりして胸を大きく上下させる。なおも秘核をチュッと吸いたてると、「いやッ」と悲鳴をあげて横臥し、からだを丸めた。

「あ、あふ……うう――」

呼吸を荒くし、おしりや太腿を思い出したようにピクッと震わせるところを見ると、本当に昇りつめたらしい。

(すごい……僕、女のひとをイカせたんだ)

男とは異なる派手な絶頂反応を振り返るだけで、やり遂げたという充実感が胸に満ちる。自分にもできるのだと自信も湧いてきた。

麻紗美はこちらにヒップを向けていた。むっちりした尻肉の狭間、さながら毛饅頭のごとき陰部もまる見えである。性器の合わせ目が物欲しげにすぼまっており、濡れてはみ出した花弁がやけに卑猥だ。

だが、友昭の心を妙に惹きつけるのは、臀裂の底にひそむアヌスであった。

（来須先生、おしりの穴を舐められて感じてたよな）

しかも、自ら好んでそうされたのだ。

チャーミングな女教師が、肛門を舐められてはしたない声をあげたなんて、教え子たちが知ったらショックを受けるだろう。彼女に恋心を抱いている男子生徒だって、きっといるはずなのだ。

もちろん、そんなことを言いふらすつもりは毛頭なかったが。

ようやく回復した麻紗美が、のろのろと身を起こす。おしりが丸出しで、しかも友昭がそこをじっと見ていることに気がつき、焦り気味にタイトスカートをずりおろした。

「エッチ」

軽く睨んで頬を赤らめるのが可愛らしい。

「イッちゃった……友昭クン、クンニじょうずだね。本当に経験なかったの？」

「はい」

「へえ。すっごく気持ちよかったよ。ってことは、天賦《てんぷ》の才能があるんだね。舐める天才みたいな」

　褒められても、あまり他人に誇れるようなことではないから、手放しで喜べない。ただ、彼女に気持ちよかったと言われたのは、単純に嬉しかった。

「じゃ、今度は友昭クンの番だね」

「え？」

「気持ちよくしてくれたお礼に、あたしがちゃんとオトコにしてあげるからね」

　言われて、初体験をすることになっていたのだと思い出す。そうか、いよいよと気が逸《はや》ったものの、自らの分身を見おろして友昭はうろたえた。

「あ、あれ？」

　さっき、麻紗美のフェラチオで勃起したはずのものが、いつの間にか縮こまっていたのだ。クンニリングスのあいだも昂奮していたはずだが、奉仕することに夢中になったため萎えてしまったのだろうか。

「あ、オチンチン小さくなってるね。じゃあ、また勃たせてあげる」

　再び実験机に腰をおろした友昭の股間に、麻紗美が顔を伏せる。軟らかな秘茎をチュッと吸われ、むず痒いような快感が生じた。

けれど、まつわりつく舌に腰をよじるほど感じるのに、その部分は少しもふくらむ気配を見せなかった。

(どうしちゃったんだよ!?)

初体験のチャンスだというのに、これでは童貞を卒業できないではないか。

しかし、焦れば焦るほど、ペニスはストライキでも起こしたみたいに主に逆らう。海綿体はほんのわずかの血流も受け入れず、ぐんにゃりしたままであった。

麻紗美もさすがに無理と悟ったか、フェラチオを中断して顔をあげた。

「どうしちゃったの?」

シンプルな問いかけが、胸に深々と突き刺さる。自分でもさっぱりわからないから答えようがなく、ただ情けなさがこみ上げた。

(さっきはあんなにギンギンだったのに……)

だからこそ肝腎なときにどうしてと、自分が嫌になる。本心ではセックスすることを怖がっているのだろうか。

すると、麻紗美が立ちあがり、肩を抱いて背中をさすってくれた。

「友昭クン、きっと緊張してるだけだと思うわ。男のひとって、いざってときに元気にならないことが、けっこうあるんだって。だから気にしないで」

慰められ、ますます泣きたくなったものの、それでは恥の上塗りだ。懸命に顔をしかめ、友昭は涙を堪えた。

「この次はちゃんとエッチさせてあげるから、ちょっとだけ待っててね」

「はい……」

「じゃ、約束の指切り」

麻紗美が笑顔で小指を差し出す。照れくさかったものの、友昭はそこに自分の指を絡めた。

(この次か……いつになるのかな?)

できれば日時を決めてもらいたかったが、それはがっつき過ぎだろう。まあ、出勤すれば必ず顔を合わせるのであり、彼女も約束を忘れたり、反故《ほご》にすることはないはずだ。

それからふたりは身繕いをしたのだが、麻紗美は白衣のポケットに入れておいたパンティを取り出すと、ニコッと笑って友昭に手渡した。

「これ、貸してあげるわ」

「え?」

「寝る前とかに、あたしのおまんこを思い出して勃起するかもしれないじゃない。

そうしたら、これをオカズにしてシコシコするといいわ」

慎みのない言葉遣いで自慰を奨励する。友昭が従姉のパンティを持ち去った話から、そんなことを思いついたのではないか。

「だけど、これってお気に入りのヤツだから、ちゃんと返してね。匂いを嗅いでもいいし、何なら精液をかけてもいいけれど、あとで洗ってもらえるとうれしいかな。あ、洗濯機を使わなくて手洗いでね。洗剤じゃなくて石鹸でいいから」

細かな注文に目を白黒させつつ、友昭は「う、うん」とうなずいた。手にした薄布の柔らかさに、悩ましさを覚えながら。

(由貴姉ちゃんのパンティも、こんな感じだったっけ……)

今となっては思い出せない。いや、あまりに強烈な体験が続いたから、昔の記憶が薄らいだのかもしれなかった。

身なりを整えると、白衣を脱いだ麻紗美が両手をパチンと合わせる。

「いけない。大切なことを忘れてたわ」

「え、何ですか?」

「ちょっと目をつむってて」

言われて、素直に瞼《まぶた》を閉じた友昭であったが、すぐ前に彼女が立った気配を感じてドキッとする。そして、首に腕が回された。

（え――？）

まさかと思う間もなく、唇が柔らかなもので塞がれる。キスをされたのだ。軽く吸われたあと、舌がヌルリと侵入してくる。

これが友昭のファーストキスであった。

甘い吐息と唾液を味わい、うっとりして舌を絡ませあううちに、ペニスが力を漲《みなぎ》らせる。また今度と指切りをしたあとで、今さら勃ちましたなんてみっともないことは告げられない。

初めてのくちづけに感動を覚えつつ、友昭は勃起を悟られぬよう、懸命に腰を引いていた。

第二章　下着泥棒

1

（これ、どうすればいいんだろう……）

スーツのポケットに入れたものを、上から手を当てて確認し、友昭はそっとため息を洩らした。

職員室にいる今は、それをほんの一瞬たりとも取り出すことがためらわれる。なぜなら、同僚の女教師から託されたパンティであるからだ。彼女はすぐ前のデスクにいるから、手を伸ばせば返せるはずなのに、その距離がやけに遠く感じられた。

麻紗美が予測したとおり、友昭は夜になって放課後の出来事をあれこれ思い返し、ペニスをふくらませた。悩ましさも募り、そうなれば自らの手で欲望を解放するより他にない。

そして、せっかくだからと、魅惑の薄物を気分を高めるオカズに使用したのである。

裾をレースで飾ったそれは、空気みたいに軽かった。素材は化学繊維らしかったが、クロッチの裏側には綿の布が縫いつけてあった。

残念なことに、そこに目立った汚れはなかった。もしかしたら一日穿いていたものではなく、事前に取り替えたのかもしれない。淫らな展開になることを予想して。

それでもよくよく観察すれば、白い布に紛《まぎ》れるように、乾いたカス状のものが付着していた。フリル部分には短い恥毛も絡みついており、中心に鼻を寄せると、チーズに似た媚香が嗅ぎ取れたのである。

麻紗美のナマの性器臭も嗅いだけれど、あれよりも酸味が少なく、悩ましい成分が凝縮された感じだった。そのため昂奮もうなぎ登りで、友昭はクロッチの秘臭を心ゆくまで嗅ぎ回り、彼女の佇まいや絶頂時の反応を思い出しながら勃起をしごいた。

しかし、さすがにほとばしらせたものを、パンティで受けとめることはしなかった。そこまでするのは悪い気がしたのと、白濁の粘液がシミになったらどうしようと危ぶんだからだ。

射精してスッキリしたあとは、言われたとおりに浴室で手洗いをした。ただ、由貴子の下着を洗ったときのことが自然と思い出され、性懲りもなくこんなことをと自己嫌悪を覚えずにいられなかった。

ともあれ、きちんと乾かしたものを学校に持ってきたのに、麻紗美に返すタイミングがなかなか摑めなかったのだ。

自分から渡すのは照れくさいし、何と言えばいいのかもわからない。ありがとうございましたとお礼を述べるのは、それを使ってオナニーしたと白状するようなものだから、できれば避けたい。ただ、代わりになる言葉は浮かばなかった。

いっそ、麻紗美のほうから『持ってきた？』と訊ねてくれれば、すんなり手渡せたのである。けれど、昨日の今日ですぐに返してもらえると思ってないのか、彼女はそれらしきことをまったく口にしなかった。

もっとも、今日は麻紗美の指導者である非常勤講師の出勤日である。園部《そのべ》という五十代の穏やかな女性だが、隣にそんなひとがいたら妙な話題は出せまい。授業に出て不在の時間もあったけれど、職員室には他の先生たちもいたから、昨日のことも含めた淫らな話題はさすがにはばかられたようである。

当然ながら、初体験の日取りを決めることもできない。

(しょうがない。放課後にするか)

麻紗美が理科室にいるときを見計らい、持っていけばいいだろう。すぐに渡せるよう、剝き出しのままポケットに入れてきたのであるが、これなら袋か何かに入れてきたほうがよかったと後悔する。

ただ、また理科室でふたりっきりになれれば、セックスは難しいとしても愛撫を交わせるかもしれない。それも無理だったら、せめてキスぐらいはしたいところだ。

——などと欲望にまみれたことを考え、友昭は期待に胸と股間をふくらませた。

何となく落ち着かなくて、仕事中もボーッとしてしまうことが多かった。

そして放課後——。

終会を終えた学級担任が、職員室に戻ってくる。部活動に向かう生徒たちで廊下が騒がしくなり、部の代表者が入室して、顧問の教師と連絡を取り合っていた。

そんな中で、いつ麻紗美が理科室に向かうだろうかと、友昭はそれとなく様子

を窺《うかが》っていた。すると、

「じゃあ来須先生、行きましょうか」

「はい、よろしくお願いします」

彼女が隣の女性指導教師と席を立つ。友昭は（あれ？）と思い、反射的に質問していた。

「どこかに行かれるんですか？」

「ええ、理科室に。次の研修会のためのレジュメを作らなくちゃいけないので、園部先生からご指導していただくんです」

他人行儀な言葉遣いの麻紗美に続いて、園部も朗らかに答えた。

「今回は発表者だから、いいものにしないとね」

「そうなんですか。頑張ってください」

「ありがとう。それじゃ――」

指導の講師に気づかれないよう、麻紗美がウインクして小さく手を振ってくれる。親しみを込めた笑顔も向けられ、それはとても嬉しかったのであるが、一方で友昭は落胆していた。

（そうすると、今日は無理か……）

要はマンツーマンの校内研修であり、終わるのも退勤時間後になるのではないか。そんなところに下着を持参できるわけがないし、逢い引きも諦めるしかない。一日わくわくして過ごしたのが、今さら滑稽に思える。友昭はふうと息をついて肩を落とした。

(結局、期待しすぎちゃ駄目ってことなんだな)

麻紗美にだって都合があるのだ。こちらは彼女に合わせるしかないのであり、もっとじっくり構えるべきだろう。

(そんなふうに焦ってばかりいるから、肝腎なときにペニスが勃たなかったりするんだ。もっと余裕を持たなくちゃ)

自らを戒《いまし》め、ひとりうなずく。

浮わついた気持ちでいたために、予定していた仕事がだいぶ残っていた。これから帰るまでに集中して、すべて終わらせよう。友昭はそう決心し、気持ちを切り替えるために顔でも洗おうと席を立った。

廊下に出ると、生徒たちの姿はすでになかった。全員、それぞれの活動場所に行ってしまったようである。

体育館のほうに向かうと、運動部の生徒たちの掛け声や、フロアを駆け回る足音が聞こえてくる。友昭も中学時代はバレー部だったこともあり、活気溢れる声や物音に郷愁を禁じ得ない。

もっとも、中学を卒業して、まだ五年半しか経っていないのだが。ただ、少年時代のひたむきさを折に触れて思い出せるから、今の仕事に就《つ》けてよかったと思う。

しかしながら、思春期はいたずらに自意識過剰になりがちで、様々な恥ずかしい過ちを犯す時期でもある。友昭にとって最大の過ちは由貴子の下着に手をつけたことであり、そのことを思い出すと後悔と自己嫌悪に胸を掻きむしりたくなるのだ。

まして、くだんの従姉と同じ職場にいるから尚さらに。

体育館への渡り廊下の手前に、手洗い場がある。友昭はそこでじゃぶじゃぶと勢いよく顔を洗った。麻紗美への邪念と、由貴子への過ちに対する後悔をも洗い流すつもりで。

「あら、今ごろ顔を洗ってるの？」

不意に声をかけられ、友昭は焦って顔をあげた。いつの間にかそばに立ち、怪《け》訝《げん》そうな眼差しを向けていたのは、ジャージ姿の女教師——。

「あ、佐藤《さとう》先生」

顔を洗っていた理由が他人に明かせないようなものだったから、友昭は頬が熱くなるのを覚えた。見られた相手が、正直苦手なひとだったためもある。顔から雫が垂れるのをそのままに、立ちすくんで動けなくなった。

佐藤夏生《なつき》は、見た目そのままに体育教師である。

髪型は活動的なショートカットで、二十九歳という年齢のわりに化粧っ気もない。どうせ汗をかいて落ちるからと思っているのではないか。ソバカスもまったく隠さず、けれど目が大きくぱっちりしているから、かえって若々しい印象を与えていた。

ただ、すでに結婚している。聞いた話では、夫は民間のサラリーマンとのことであった。

体育会系だからか、夏生は思ったことを何でもズバズバ言う。よく言えば裏表がないということだが、デリカシーに欠けるのではないかと感じることもあった。それが、友昭が彼女を苦手とする理由だ。

今も夏生は、詮索するみたいに話しかけてきた。

「汗をかくような季節でもないし、どうしたの？」

「あ、いえ……眠気をとろうかと思って」

「あら、寝不足？」

「そういうわけじゃないんですけど」

「だったら、グラウンドを走ってくれば？　そのほうが目が覚めるわよ。わたしも今、走ってきたところなんだけど」

言われて、彼女の額に汗が光っていることに気がついた。彼女は担任を持っていないので、ひょっとしたら六限目の授業のあともグラウンドに残り、ずっとからだを鍛えていたのではないだろうか。

(本当にからだを動かすことが好きなんだな)

バスケットボール部の顧問でもあり、これからまた生徒たちと一緒に汗を流すのであろう。若い頃は選手としても活躍し、国体にも出場したそうだ。

と、ほのかに甘酸っぱい匂いが漂っているのに気がついてどぎまぎする。成熟した女性が漂わせる、なまめかしい汗の香りだ。

友昭が気まずげに黙りこくったものだから、夏生は軽く眉をひそめた。

「ま、いいけど」

肩をすくめ、彼女も蛇口をいっぱいに開き、友昭より豪快に顔を洗った。ジャージの胸もとが濡れるのもかまわずに。

言動は男っぽいところがあるけれど、からだつきは至って女らしい。今も身を屈めているから、後ろに突き出されたたわわなヒップが目を惹いた。

普段から鍛えているせいか、そこは抜群にかたちがいい。弛《たる》みなどまったく感じさせず、横にも後ろにも大きく張り出していた。おそらく、空気を限界まで入れたゴム風船みたいな感触ではないのか。ジャージがぴったり張りつき、下着のラインが浮いていた。

あるいは、彼女の夫は毎晩この尻を責め苛んでいるのだろうか。いや、逆に尻に敷かれているのかもと失礼なことを考えたところで、夏生が顔をあげる。ジャージのポケットを探り、「あ、いけない」と声をあげた。

「ハンカチをグラウンドのベンチに干したままだったわ。ごめん、ちょっと貸してくれない？」

友昭は「あ、はい」と返事をして、ポケットに手を入れた。だが、いきなり頼まれて焦っていたのだろう。ハンカチではないほうを出してしまった。

「はい、これ——あっ！」

彼女に向かって差し出したところで、間違いに気がつく。慌てて元に戻すと、反対側にあったハンカチを改めて引っ張り出した。

「ど、どうぞ」

だが、夏生はびしょ濡れの顔で目をぱちくりさせ、すぐに受け取ろうとしない。今のは何だったのかと、考えているふうであった。

(まずい……気づかれたかな?)

訝るふうな表情から、ハンカチとは異なる何かであると悟ったようである。だが、それが女性の下着であるとは、想像もしなかったのではないか。希望的観測を含めて推測したところで、女体育教師が願ってもない質問をしてくれた。

「……宮下さん、ハンカチを二枚持ってるの?」

「は、はい。そうなんです。汚れたら取り替えるようにしてるんですけど、間違って汚れたほうを佐藤先生に渡しそうになったから」

身を乗り出すような勢いで弁解したことで、夏生は気圧《けお》されたふうだった。

「そ、そう?」

戸惑いをあらわにしながらもハンカチを受け取ってくれたから、友昭はホッとした。顔の雫を拭ったものを返してもらうと、

「では、失礼します」

後ろを振り返ることなく、早足でその場を立ち去る。本当は駆け出したいぐら

いだったのだが、そんなことをしたら彼女から、『廊下を走らないで!』と叱られるに決まっている。

(ふう、危なかった……)

だいぶ離れてから、友昭は額の冷や汗を拭った。

2

頑張ったつもりであったが、五時の終業時刻までに仕事を終わらせることができなかった。

(仕方ない、残業するか)

ただ、ひとりで職員室に残ることにはならないだろう。今も数名の教師が、デスクワークに励んでいる。

教師たちが定時に帰ることはほとんどない。部活の顧問はもちろんのこと、そうでない者も五時を過ぎても、それぞれの持ち場で忙しく働いている。友昭は基本的に定時退勤を心がけているが、時には申し訳なく感じることすらあった。

(学校の先生って、本当に忙しいんだな)

麻紗美たちも戻ってこないし、まだ理科室で頑張っているのだろう。だったら、たまには自分もと発奮する。まあ、麻紗美を待っていたいという下心も、多少はあったのだが。

そのとき、

「おや、宮下さん、今日は残業かい？」

声をかけられ、友昭は顔をあげた。

「あ、校長先生」

向かい側に立って愛想のいい笑顔を見せているのは、校長の佐伯俊造《さえきとしぞう》であった。五十代半ばにしては背すじがしゃんと伸びて、体格がいいわりに腹も出ていない。額がかなり広くなっており、加えて赤ら顔なものだから、いかにも精力に満ち溢れ、エネルギッシュな印象である。声も大きく、教育者として長年勤めてきたことへの自信が、全身から溢れ出ていた。

「若いひとはいつまでも残ってないで、さっさと帰りなさい。そうして、寄り道をたっぷりしなくちゃ。遊べるのは若いうちだけだよ」

いかにも若者の理解者という台詞《せりふ》を口にして、ハッハッと笑う。友昭は恐縮して首を縮めた。

「ええ、でも、今日中にやっておきたいことがありますので、もう少し頑張ります」

殊勝に答えたものの、佐伯校長は訝るふうに眉をひそめた。自分の忠告が受け入れられなかったものだから、気分を害したのかもしれない。

「おや、そうかい。ま、たまには限界まで仕事に打ち込むのもいいことだがな」

わかったようなわからないようなことを口にして、うんうんとひとりうなずく。それで終わりにしてくれればよかったのに、自分のことまで話しだした。

「私はできる限り定時に帰るようにしているんだよ。もちろん校長だから忙しいのだが、それでも私が率先して帰らないことには、先生方が帰れないだろう。中には遅くまで学校に残っていることを自慢げに話す管理職がいるが、あれは駄目だね。そういう行動が先生たちに無用なプレッシャーを与えることに気づいていないんだ」

以前にも飲み会の席で聞かされた内容である。友昭は神妙にうなずきつつ、だったら早く帰ってくれないかと念じていた。

佐伯のことは、夏生とは違った意味で苦手にしていた。

たしかに校長会の理事も務めるなど多くの実績があり、立派な人間なのかもしれない。けれど、自分が絶対に正しいと信じて止《や》まないところや、他の意見を聞き入れないところは、いっそ独善的と言ってもいい。上に立つものとして、それはどうなのかと感じることが多々あった。

もっとも、そんなタイプの人間はどこにでもいる。彼についてどうしても好きになれないところは、いかにも好色な上に、それを恥じないところだ。今も友昭に、直接的な言い回しではないが女遊びを奨励したりと、「男は遊んでなんぼ」という価値観があるようだ。

もちろん、自らもそれを実践しているのだろう。

飲み会の席で、佐伯が女性教師にしなだれかかるようにしているところを、友昭は何度も目撃した。さすがに胸や尻をさわったりはしないが、励ますフリをしてよく肩を抱いている。どうやら、セクハラと訴えられずに済むギリギリのところを知った上でやっているようだ。要は狡猾《こうかつ》なのである。

麻紗美などははっきりした性格だから、そんなときはうまくかわし、時には軽くたしなめたりもする。もっとも、若い子に何か言われることが嬉しいらしく、佐伯はニヤニヤと相好を崩すばかりなのだが。あとで彼女が、

『校長って、すぐにベタベタしてくるから嫌いなのよね』

と、友昭には打ち明けていることなど知りもしないのだろう。

ただ、由貴子のようにおとなしいタイプは、校長にすり寄られてもほとんど抵抗できない。黙って堪え忍んでいるのが手に取るようにわかる。

友昭は何度、ふたりのあいだに割って入ろうとしたことか。けれど、若造が何か言ったところで、海千山千の校長が引き下がるとは思えない。それに、いとこ関係であることを知られるわけにはいかないから、黙って睨みつけるぐらいしかできなかった。

もしかしたら、国実二中に若い女性教師が多いのは、佐伯校長が人事を主導しているからかもしれない。自分の好みを優先させて。

「ま、とにかく早く終わらせられるように頑張りなさい。若いときの時間は貴重だからね」

その貴重な時間を自身が無駄にしたとは思いもしないのか、偉そうに訓示をした佐伯が、上機嫌な足取りで職員室を出てゆく。友昭はいちおう見送ってから、やれやれとため息をついた。

(さ、本当に頑張らなくっちゃ)

思ったものの、すぐに集中できなかった。余計なことを考えたからだ。

(僕が校長を好きになれないのは、童貞だからかもしれない……)

経験がないというコンプレックスゆえに、いかにも女遊びをしてきたという彼を拒絶してしまうのではないか。今日だって、たった一枚のパンティも渡せずに、オロオロしていたのだから。

自身の腑甲斐なさに落ち込みそうになったものの、そんな場合じゃないと雑念を振り払う。そのあとはどうやら集中することができた。

秋の今は、部活動は五時半で活動終了になる。校内放送がかかり、間もなく廊下を生徒たちが行き来しだした。顧問の教師たちも職員室に戻ってくる。

ふと顔をあげたとき、前方をジャージ姿の女教師が通りかかったものだから、友昭はドキッとした。夏生であった。

すると、彼女もこちらにチラッと視線をくれる。と、不審げに眉をひそめたように見え、動悸が不穏に高鳴った。

(まさか、まだ何か疑ってるんじゃ――)

けれど、夏生は何事もなかったように自身のデスクに向かう。友昭は胸を撫で下ろした。

(気のせいか……)

結局、後ろめたいことがあるものだから、うろたえてしまうのだ。もっと堂々としていればいいのだと、自らに言い聞かせる。

やがて、生徒たちもほとんどが下校したようで、廊下が静かになる。

「お先に失礼します」

と、教師たちも三々五々帰りだした。

(僕も早く終わらせなくっちゃ)

あともう少しだと気を引き締めたところで、女子生徒のふたり組が「失礼します」と職員室に入ってくる。そのまま真っ直ぐ夏生のところに向かった。

「あら、どうしたの？　部活は終わったんだから、早く帰りなさい」

自身も帰り支度をしていた夏生が声をかける。ふたりはどうやらバスケットボール部の部員のようだ。

「先生、あの……」

ひとりが泣きそうな顔を見せたものだから、ただ事ではないと悟ったらしい。

「何かあったの？」

夏生の問いかけに、女子生徒は迷った素振りを示しつつ相談を持ちかけた。

「あの……パンツがなくなったんです」

「パンツって、下着？」

「はい……昼休みに穿き替えて、脱いだのはバッグに入れておいたんですけど、それが見つからなくて」

「バッグはどこに置いてあったの？」

「部活のときは更衣室に置きました。その前は教室です」

「そう言えば、午後に体育があったわね……更衣室は探した？」

「はい、ふたりで。だけど、どこにもありませんでした」

「なくなったのは、どういう下着？」

「えっと、白い普通のヤツです」

「そう……わかったわ。先生もこれから見回って探しておくから、あなたたちは帰りなさい。見つかったら連絡するわ」

「はい。よろしくお願いします」

「気をつけて帰りなさい」

「はい。さようなら」

女子生徒が連れ立って出ていくのを、友昭はぼんやりと見送った。夏生とのやりとりは、彼の耳にもしっかり届いていた。

（なくなったって、盗られたってことなのかな？）

クラスメートか、あるいは同じバスケットボール部の男子が盗んだのだろうか。三年生は部活を引退し、彼女たちは二年生のようだったが、その若さで下着泥棒とは先が思いやられる。

とはいえ、同じ年のときに従姉のパンティを持ち去った友昭に、非難する資格などないのだ。

（いや、男とは限らないか。同性の子が隠したのかもしれないぞ）

そうなるといじめということになる。平和な学校であり、厄介なことにならなければいいのだがと願っていると、

「宮下君」

いきなり声をかけられ、ビクッとなる。

「あ、はい――」

振り仰ぐと、いつの間にか夏生がすぐ横に立っていた。

「体育の備品の件で、お願いしたいことがあるんだけど、時間あるかしら？」

「ああ、はい。だいじょうぶです」

「じゃあ、体育用具室までお願いできる？」

「はい」

友昭は焦り気味に立ちあがると、彼女に続いて職員室を出た。

（今から追加で発注するのかな？）

予算はほとんど執行されてしまったから、購入できるものなど限られている。

いったい何が必要なのかと首をかしげつつ、友昭の視線は自然と前を歩く女教師のヒップに向けられていた。ぷりぷりと心地よさげにはずむそこが、たまらなく魅力的だったからだ。

（こういうの、安産型っていうのかな？）

いや、ただどっしりしているというものではない。外国人モデルみたいに、ボディにメリハリがあるのだ。

ジャージの上着は丈が短く、裾がボトムのゴム部分とかろうじて重なるぐらいだ。そのため、ウエストが細くくびれていることがわかる。乳房もミサイルの弾頭のごとく張り出しているから、まさにダイナマイトボディか。男子生徒の中には、彼女をオナニーのオカズにする者もいるに違いない。

ただ、生徒指導に関してはかなり厳しく、彼女が廊下で男子生徒を叱りつけている場面を何度か見たことがあった。背も高くて威圧的だから、生徒は本気で怯えていたようであったし、素直に「すみませんでした」と謝っていた。

そのことを思い出して、友昭はハッとした。

(佐藤先生、さっき僕のこと、『宮下君』って呼んだよな!?)

ジェンダーフリーの精神を実践している夏生は、男子も女子も「さん」付けで呼んでいる。ところが、男子生徒を叱るときには、なぜだか「君」付けになるのだ。そのために、彼女から「○○君」と呼ばれるだけで、少年たちは顔色を変えるのである。

(つまり、佐藤先生は僕を叱るつもりなんだろうか)

何かやらかしただろうかと考えるものの、思い当たるフシはない。さっきだってハンカチを貸したのである。

だが、そのことと下着をなくした女子生徒の訴えを結びつけるなり、友昭は蒼ざめた。

(佐藤先生、僕をパンツ泥棒だと思ってるんじゃ——)

さっきは何なのかよくわからなかったものの、下着がなくなったと聞いたものだから、ではあれがと疑念を抱いたのではないか。いや、こうしてふたりっきりになろうとしているということは、確信を持ったのかもしれない。

(……いや、そんなはずないか。いくら何でも、僕が盗んだなんて思うわけない

だろうし）

あいにくロリコンではないし、女子中学生の汚れ物に手を出す趣味も持ち合わせていない。もっとも、そんなことを夏生が知っているはずもないのだが。

どうか思い過ごしでありますようにと願いながら、友昭は脚の震えを懸命に堪えて歩き続けた。おかげで、魅惑のヒップを眺める余裕などすっかりなくし、女教師から甘ったるい汗の香りが漂ってくるのにうっとりすることもなかった。

体育館には部活動の熱気と、生徒たちの汗の匂いがほのかに残っていた。しんと静まり返ったそこに、ふたりの足音がキュッキュッとやけに大きく響く。

夏生はあらかじめ告げたとおり、友昭を用具室に招いた。女子更衣室に連れ込まれ、ここにあった下着を盗んだのではないかと問い詰められる場面を想像していたから、とりあえず安堵する。

だが、彼女が後ろ手で用具室の戸を閉めたものだから、また不安がこみ上げた。

そこはわりあいに広く、普通教室の半分近い面積がある。跳び箱やネットの支柱、マットレスや各球技のボールといったお馴染みの物品が、整然と片づけられていた。カビ臭さもなければ、埃も見当たらない。ここの管理担当は夏生で、普段から生徒たちに整理整頓をしっかり指導をしているのだろう。

「あの……備品の件っていうのは？」

怖《お》ず怖ずと訊ねれば、三十路《みそじ》近い女教師にギロリと睨みつけられる。ただでさえ苦手なタイプなのに、こうなったら蛇に睨まれた蛙も同然だ。友昭は直立不動で動けなくなった。

「そんなことはどうでもいいの。わたしは宮下君に確認したいことがあるのよ」

「な、何をですか？」

「とりあえず、ポケットのものを出してちょうだい」

ついに来た、と、友昭は背すじに冷たいものが流れるのを感じた。

「ど、どうしてですか？」

「それはあなたが一番よくわかってると思うけど」

腕組みをした夏生は、いつになく尊大な態度を見せている。明らかに同僚ではなく、生徒と対峙するときのものであった。

3

（ああ、どうしよう……）

まさに絶体絶命のピンチだ。

理不尽な命令を怒り、徹底的に反抗すれば、彼女も怯むかもしれない。だが、そんな度胸を友昭が持ち合わせているはずがなかった。

だいたい、仮にそんなことをしても、逆に痛い目に遭わされるのが関の山だろう。男と女でも、腕っぷしの強さは間違いなく夏生のほうが勝っている。

それでもどうにか誤魔化せないかと、友昭はポケットに手を入れ、ハンカチのほうを取り出した。けれど差し出す前に、

「そっちじゃないわ」

彼女にぴしゃりと叱りつけられる。やはりあのときの薄物がハンカチではないと見抜いたようだ。

(ええい、しょうがない)

友昭は覚悟を決めた。もっとも、決してやけっぱちになったわけではない。

女生徒は穿き替えて脱いだものをなくしたと言っていた。けれど、ポケットにある麻紗美のパンティは、綺麗に洗ってあるものだ。汚れなど付着していない。

加えて、色こそ白だが素材もデザインも大人っぽいものだから、中学生の下着には見えないだろう。

いったいどうしてこんなものを持っているのかと、咎められる可能性はある。しかし、それはプライベートなことだから答える必要はない。誤解さえとければ、夏生も引き下がってくれるのではないか。

そうであってほしいと期待して、友昭はポケットの薄布を取り出した。素直に差し出すと、女教師がひったくるように奪い取る。

「ほら、やっぱりね。思ったとおりだったわ」

畳まれていたものを広げるなり、夏生が勝ち誇った声をあげたものだから、友昭は仰天した。

「や、やっぱりって、どういう意味ですか？」

「あなた、女子生徒の下着を盗んだのね」

断言され、あっ気にとられる。それが生徒のものかどうかなんて、一目瞭然ではないか。

「僕、そんなことしていません！」

「だったら、これは何なのよ？」

「それは――し、下着ですけど……」

「しかも女物のね」

得意げに胸を反らされては、絶句するしかない。単にその一点のみで、友昭が下着泥棒であると決めつけているらしい。

「いい？　下着がなくなったと女子生徒が訴えて、同じ日に若い男のポケットから女物の下着が出てきたのよ。こういうのを、火を見るよりも明らかって言うの」

なんて短絡的な発想なのか。これだから体育会系はと腹立たしさを覚えたものの、友昭は弱々しい反論しかできなかった。

「ぼ、僕がいつ盗んだっていうんですか。ずっと職員室で仕事をしてたんですよ」

「決まってるじゃない。授業中よ。あの子たちのクラス、午後に体育があったから、そのとき教室に忍び込んだのね」

「だけど、盗まれたのは穿き替えたやつなんでしょ？　それ、どこも汚れてないと思うんですけど」

「え？」

指摘され、夏生はパンティを裏返した。クロッチの裏地を確認し、さらに匂いまで嗅いで、穿いた痕跡がないことに気づいたようである。

「う――たしかにそうみたいだけど……」

しかめっ面で認めたものの、疑いを払拭するには至らなかったようだ。いや、自らの過ちを認めたくなかったのではないか。

「あなた、盗んだあとに洗って乾かしたのね。持って帰って頭にかぶるか、自分で穿くつもりだったんでしょ」

友昭は開いた口が塞がらなかった。盗んですぐに洗うなんて、どうしてそんな意味のないことをするのか。汚れや匂いがなくなったら、わざわざ盗む意味がないし、だったら新品を買えばいいのだ。

しかしながら、さすがにそんなことは言えなかった。女性の恥ずかしい残り香を嬉しがる変態だと、決めつけられる恐れがあったからだ。

それに、ニュースに出る下着泥棒たちは、多くが洗って干したものを盗んでいる。その同類だと見られているのかもしれない。

「僕にそんな趣味はありません。だいたい、それは中学生の穿くようなデザインじゃないでしょう。ずっと大人っぽいものですよ」

「今どきの中学生は、この程度の下着は当たり前よ」

夏生はほとんど意地になっているらしかった。女子生徒が『白い普通の』と言ったことも、都合よく忘れているようだ。

「だいたい、これがあの子のものじゃないっていうのなら、いったい誰のものなの？　石鹸の匂いがするから新品じゃないし、まさか自分のだなんて言わないわよね!?」

この反論に、友昭は返す言葉を失った。普段から女物の下着を穿いている、もしくは持ち歩いていると主張すれば、あるいは解放してもらえたかもしれない。けれど、さすがにそれは男としてのプライドが許さなかった。

もちろん、本当は誰のものかなんて、打ち明けられるはずがない。なぜならそれは、麻紗美の好意を無にするものであるからだ。理科室でのことはバレないとしても、聖職者たるものが同じ学校の職員に下着を与えるなど、不適切な関係があったということで彼女が糾弾される恐れがある。

「そんなこと、佐藤先生に説明する必要はありません。僕のプライベートに関することですから」

精一杯気を張って主張したつもりだったが、夏生は「フン」と鼻でせせら笑った。

「下着泥棒のくせに、何がプライベートよ。笑わせないで。そういうのを盗っ人猛々《たけだけ》しいって言うのよ」

彼女は友昭が盗んだものと、完全に決めつけているようだ。こうなると、下着の本当の持ち主を打ち明け、さらに麻紗美に説明してもらわないことには疑いが晴れないのではないか。

(まずいことになったぞ……)

手洗い場で夏生にパンティを見られるなど、自分が軽率だったのは確かだ。けれど、どうして信じてくれないのだろう。教師と事務員の違いこそあれ、同じ職場に勤める仲間ではないか。

(僕、佐藤先生に何かしたっけ……)

恨みを買うようなことはなかったはずだ。

「だいたい、宮下君っていかにもこういうことをしそうなタイプだものね。おとなしくて真面目そうに見えるけど、はっきりしなくてウジウジしてるし、こっそり女の子の着替えとかスカートの中を覗き見てそうだもの」

どうやらもともと思い込みというか、偏見があったようである。友昭が夏生を苦手にしていたように、彼女もまた、年下の男を快く思っていなかったのではないか。体育会系の人間からすれば、異性と普通に付き合えない気弱な面など、イライラさせられるのかもしれない。

だからと言って、そんなことで下着泥棒であると決めつけるのはいかがなものか。それこそ、教師の姿勢としても問題があろう。

と、堂々と言い返せればいいのだが、次の夏生の言葉に狼狽させられた。

「今もここに来るまでのあいだ、わたしのおしりをじっと見てたでしょ。すごく視線を感じたもの。そうやって、いつもこそこそといやらしいことをしてるのが、あなたって人間なのよ」

あるいは、彼女はカマをかけただけだったのかもしれない。けれど、実際にセクシーなヒップラインに見とれていたものだから、友昭は否定できずに固まってしまった。おそらく、この世の終わりみたいな顔をしていたのではないか。

「ほら、図星だ」

夏生がにんまり笑みをこぼす。だが、目だけは笑っておらず、冷たい眼差しでこちらを睨みつけていた。

(ああ、もうおしまいだ……)

このままでは冤罪《えんざい》を被るのは確実で、友昭はパニックに陥った。涙腺が弛み、目の前の景色がぼやける。

「泣いたって駄目よ。絶対に許さないんだから」

友昭の涙を贖罪《しょくざい》のものと受けとめたか、夏生が冷たく言い放つ。

「だけど……僕は本当に盗んでなんかいません」

切々と訴えたつもりだったが、それがかえって体育会系の女教師をイラつかせてしまったようである。さっさと白状すればいいのにという不満をあらわにし、友昭の前につかつかと歩み寄る。

(え?)

ひょっとして平手打ちでもされるのかと身構えたところで、いきなり肩をどんと押された。不意を衝かれ、バランスを崩す。

「わっ——」

友昭の後ろの床には、高跳び用の分厚いセーフティマットが置いてあった。その上に背中からボフッと落ちてしまう。訳がわからず仰向けになったところで、夏生がひらりと馬乗りになった。豊かなヒップの重みを勢いよく腹に受け、一瞬呼吸ができなくなる。

「あんたが女の下着に昂奮する変態だって証明してあげるわよ」

彼女は手にした薄物を、友昭の顔に押しつけた。

サラサラして柔らかな布の感触は、たしかに官能的ではある。しかし、洗ったあとの、何らなまめかしい匂いがしないものでは、牡の情動に訴えかけることはない。

——はずであった。

（ああ……）

友昭がうっとりしてしまったのは、顔に密着するパンティのせいではない。女体育教師のもっちりした尻肉と、甘酸っぱい汗の香りに劣情を高められたのだ。

たわわな丸みは筋肉が鍛えられて硬いのかと思えば、驚くほど柔らかだった。手で触れたわけではなく、腹に乗っているだけでわかったということは、相当なものではないのか。

そして、ダイナマイトなボディは、女らしく甘ったるい香りを全身から放つ。さっきから嗅いではいたのだが、上に乗られたことで悩ましいほど強く感じられるようになったのである。

そのため、危機的な状況でも意識が発情モードに切り替わり、股間に血液が集まる。ふくらんだ分身が、ズボンの前を突っ張らせたのがわかった。

夏生がその部分を後ろ手でまさぐる。

「むううッ」

高まりをギュッと握られ、友昭は呻《うめ》いた。かなり乱暴な触れ方だったにもかかわらず、腰をよじってしまうほどに快かったのだ。

「ほら、大きくなってる。やっぱり変態じゃない」

憎々しげに言われても、勃起した本当の理由を告げるわけにはいかない。そんなことを知られたら、いっそう変態だと罵られるに決まっているからだ。

「ぼ、僕、本当に盗んでません！」

ペニスを揉みしごかれて快感に身悶えつつも、無実を主張する。彼女はとにかく自白させなければ始まらないと考えているようだから、絶対に認めるわけにはいかなかった。

「往生際が悪いわねえ」

あきれたふうに顔をしかめ、夏生が顔のパンティをはずす。許してくれるのかと思えば、友昭の上でからだの向きを変えた。

（え——）

ジャージの張りつく丸々とした臀部が顔の前に突き出されたものだから、ドキッとする。下着のラインがくっきり浮かんでいるのにも目を奪われた。

「あなた、パンツだけじゃなくておしりも好きみたいだから、これ、あげるわよ」

告げられるなり、巨大な球体が襲いかかってきた。

「むううううーッ！」

柔らかな重みが顔全体にのしかかる。夏生がまともに坐り込んできたのだ。下がセーフティマットだからよかったものの、硬い床だったら頭がぺしゃんこになっていたに違いないという勢いで。

（うわあ、これは──）

友昭の鼻がめり込む陰部は蒸れたふうに湿り、濃縮された汗と乳酪臭、磯くささも混ざり合って、品のない匂いをこもらせていた。わずかに埃っぽいのは、グラウンドで授業をした名残だろうか。

ともあれ、大人の女性としての慎みなど少しも感じられない秘臭は、かえって牡の劣情を煽《あお》る。呼吸が満足にできないのに、全身が歓喜にひたって少しも苦しくない。尻肉のもちもち感にも欲望が高まり、ペニスがいっそう力を漲らせた。

再びそこに触れた夏生が、熟れ腰をビクッと震わせる。

「え、すごい」

若い秘茎が力強く脈打っていることに、戸惑った様子である。それを招いたのが自分であると理解しているはずなのに、簡単には認めたくないようだ。

「あきれた。本当におしりが好きなのね」

肉体の部位への興味から、そうなったことにするつもりらしい。でないと、下着に昂奮する変態という決めつけが揺らぐからだろう。

「わかったわ。下着を盗んだのも、どんなおしりを包んでいたのか想像するためなのね。中学生のおしりに欲情するなんて、どこまで変態なのよ。あんたみたいな男がいるから、学校での不祥事が絶えないんだわ」

決めつけて罵り、ジャージヒップをぐいぐいと押しつける。熟れ肉が顔の上でぷりぷりとはずみ、友昭の昂奮は天井知らずに高まった。

「こんなに硬くして……ファスナーが壊れそうじゃない」

言い訳するみたいにつぶやき、女教師がズボンの前を開く。もしかしたら若い男のペニスがどんなふうになっているのか、確かめたくなったのではないか。ブリーフまでずりおろして、牡の股間をあらわにさせた。

ぶるん──。

ゴムに引っかかって勢いよく反り返った肉棒が、下腹をぺちりと叩く。それは解放されたことで自由に伸びあがり、さらにふくらんだようだ。

「う、嘘、こんなのって──」

夏生が息を呑んだのがわかった。そそり立つ若茎にしなやかな指が巻きつき、目のくらむ悦びが体幹を流れる。

「うううっ」

友昭は腰をぎくしゃくと跳ねあげた。早くも多量に溢れた先走り液が、亀頭粘膜を伝う感触がある。それは彼女の指も濡らしたに違いなかった。

「どうしてこんなに大きいのよ。それに、鉄みたいに硬いわ」

なじるような口調は、心から驚いていることの証しであったろう。だが、硬さはともかくも、ペニスそのものは普通サイズで、決して威張れるようなものではない。

(旦那さんのと比べているのかな?)

下着泥棒をこらしめるためにここまでするということは、それだけ正義感があって真面目ということだ。そうすると夫以外の男を知らないのかもしれないし、向こうがずっと年上ならば、勃起してもこれほど硬くはならないだろう。

そして、彼女にとっては予想外のものを手にしたことで、状況があやしい方向に変化していく——!?

「こんなに脈打って……」

やるせなさげなつぶやきとともに、肉棒に巻きついた指が上下する。故意になのか、それとも手の愛撫に慣れていないのか、包皮を用いてしごくのではなく、指を表面にすべらせるだけであった。

「ううう、あぁ——」

快いのはたしかだが、非常に焦れったい。友昭は呻いて下半身をくねらせ、もっと強い愛撫をせがむべく自ら腰を振った。

しかし、握りが強められることはなかった。

(うう、こんなのって……)

イキたいのにイケず、涙が溢れてくる。麻紗美に甘美な責め苦を与えられたときと同じであった。

ただいたずらに、カウパー腺液だけが滾々《こんこん》と湧出《ゆうしゅつ》する。

(佐藤先生は、旦那さんのをしごいてあげないんだろうか)

家でも常に威張り散らし、奉仕させるだけで自分からはしない、とか。なるほど、あり得るかもしれない。

「ああ、ヌルヌルがいっぱい出てる」

夏生がヒップをモジモジさせながらつぶやく。体育教師だから保健の授業も担当していているはずで、透明な粘液がどういうものか理解しているのだろう。ただ、授業で愛撫方法までは教えないからか、稚拙な指づかいで年下の男を煩悶《はんもん》させるだけであった。

「こんなにたくさん出るものなの？　すごいわ」

悩ましさが募ったらしく、熟れ尻がいっそういやらしくくねる。柔らかな指が先走り液を掬《すく》い取り、敏感な粘膜やくびれに塗り広げた。さらに、すりすりと撫でる。おそらく快感を与えるためではなく、多量に洩れ出したものを持て余しての、無意識に為された愛撫だったのではないか。

けれど、気持ちよかったのは事実である。友昭は腰から腿にかけてをビクッ、ビクンと痙攣させ、熱い吐息でジャージの股間を湿らせた。

（くそ、だったら――）

お返しだとばかりに、陰部を鼻頭でぐにぐにと刺激する。途端に、むっちりした牝腰がわななきを示した。

「きゃふッ、あ、駄目ぇ」

愛らしい嬌声が聞こえたものだから、友昭は（え？）と思った。けれど、感じているのは間違いない。いっそう強く鼻をめり込ませ、濃密さを増した淫臭を深々と吸い込んだ。

「ああ、あ、イヤぁ」

忌避の言葉を吐きながらも、女体は歓喜の反応を示す。ジャージと下着の二重の布越しでも、女芯が物欲しげに収縮しているのがわかった。

おまけに、その部分がさらに湿ってきた感がある。汗や生理的な分泌物とは異なる蜜が染み出して、下着の底を濡らしているのではないか。その証拠に、陰部の蒸れ酸っぱい匂いが、なまめかしい成分を増大させていた。

「あうう、ば、馬鹿――」

夏生がヒップを前後に揺する。あたかも、秘部を鼻面にこすりつけるかのように。無意識に悦びを求めていたに違いない。

そして、しがみつくみたいに牡の屹立をギュッと握る。しごきこそしなかったものの、指に強弱を加えたものだから快感が高まった。

(あ、マズい)

焦ったときにはすでに遅く、忍耐の堤防が呆気なく決壊する。ペニスの根元に溜まりきった劣情が、先を争って尿道に突進した。

「むふッ、ううぅっ、ぷはぁッ!」

塞がれた口許で懸命に呼吸し、めくるめく愉悦に脳を蕩かせる。あとは自らの意思ではどうしようもなく、粘っこい体液をびゅるびゅるとほとばしらせた。

「え、嘘――」

驚きの声を洩らした夏生が、発射を止めようとしてか肉根を強く握る。けれどそれは水が出るホースの尖端を摘んだのと同じことで、精液を勢いよく飛び散らせただけであった。

(ああ、すごく出てる……)

分身が雄々しく脈打っている。友昭は酸素不足のせいもあってか、意識が遠のくのを覚えた。

4

「宮下君って変態なのね。おしりを顔に乗っけられて昂奮して、射精しちゃうんだもの。やっぱり下着もあなたが盗んだんだわ」

ぐったりした友昭を見おろし、夏生が断定する。だが、そんなことは理由にもならないと、言った本人もわかっているのではないか。頬がいくぶん赤らんでいるのは、照れているようにも見える。だが、意地っ張りな女教師は、一度口にしたことを引っ込めることはできないらしい。

「……だから、僕は盗んでません」

飛び散った精液の青くささに情けなさを募らせつつ、友昭は息をはずませて主張した。すると、彼女が頬を引きつらせる。どうやら完全に引っ込みがつかなくなっているようだ。

「だったら、どうあっても白状させてあげるわよ」

屈み込んだ夏生が、太腿で止まっていたズボンとブリーフを脱がせにかかる。

友昭はじっとして、されるままになっていた。射精後の倦怠感が完全には抜けきっておらず、抵抗することが億劫だったのだ。ペニスは萎えて縮こまっていたし、今さら裸にされてもどうということはない。

（まだ何かするつもりなんだろうか……）

おそらく辱《はずかし》めて自白を促すつもりなのだろう。だが、顔面騎乗で責められて、あっ気なくほとばしらせた後である。それ以上に恥ずかしいことなどそうそうあるまい。

「こんなに出しちゃって……」

友昭の下半身を脱がせると、夏生は奪い取ったブリーフで、股間に滴ったザーメンを拭った。後始末をしてくれるのは嬉しいものの、だったら他のものを使ってほしい。結局自分のものが汚れるのでは意味がない。

だが、続いて彼女がジャージのボトムを脱ぎおろしたものだから、ドキッとさせられた。

艶腰を包むのは、ベージュのシンプルなパンティだ。面積こそ小さめだが、いかにも人妻に相応しい。

(まさか——)

ひょっとしてセックスをするつもりなのかと思えば、そうではなかった。彼女はさっきと同じように、逆向きで友昭の胸を跨《また》いだのである。

「宮下君はおしりと下着が好きな変態だから、これで乗ってあげるわ」

またも顔面騎乗をするつもりのようだが、意図がわからない。単に尻に敷きたいだけなのかと思ったものの、目の前に迫った豊臀に目も心も奪われ、どんなつもりかなんてどうでもよくなる。

(ああ、すごい)

たわわな丸みにぴっちり張りつく薄物は、肌の色とほとんど変わらない。あたかも素のヒップであるかのように錯覚する。もちろん肝腎な部分は二重構造のクロッチでガードされているのだが、そこにはいやらしいシミがくっきりと浮かんでいた。

(濡れてる──)

女唇のかたちを描くような染み具合からして、汗ではない。さっき刺激されたことで、愛液が滲み出たのだろう。

そのとき、友昭は不意に悟った。彼女はこちらを屈服させるためにではなく、自らの欲望にのっとって行動しているのだと。

そして、またも柔肉の重みが顔面を蹂躙《じゅうりん》するなり、さっき以上に濃厚で悩ましい恥臭が鼻腔になだれ込んだ。

「むうううっ」

頭がクラクラするケモノっぽい媚香に、友昭は気が遠くなりかけた。ジャージを脱いだぶん、尻肉の柔らかさもよりダイレクトに感じられ、陶然となったせいもある。

そうなれば、ペニスも再び力を漲らせる。

「ほ、ほら、また大きくなってきたじゃない」

夏生が声を震わせてなじる。尻をいやらしくくねらせ、年下の男の鼻面にクロッチの中心をこすりつけた。

「あんなにたくさん射精したのに、すぐに元気になるなんて、おしりとパンツに昂奮したんでしょ？　やっぱりあなたは変態よ。下着を盗みましたって、さっさと白状しなさい」

下着泥棒でなくたって、ここまで魅力的なヒップを顔にのせられて、秘部のなまめかしい匂いを嗅がされれば、勃起するのは当たり前だ。教育者のくせに、そんなことにも気づかないのかと、友昭はあきれながらも柔肉と淫臭の類《たぐ》い稀《まれ》なコンビネーションを堪能した。

（どんどんいやらしい匂いになってるみたいだ）

おまけに、その部分は熱を帯びて、いっそう蒸れてきたよう。高飛車な言動とは裏腹にやはり昂ぶっているに違いない。

だったらと、友昭は肉厚の双丘を揉み撫でながら、激しく顔を左右に振った。下着のなめらかさにもうっとりし、フガフガと鼻を鳴らしながら、湿ったクロッチを刺激する。

「あ、あ、いやぁ」

反撃に、女体育教師は動揺したふうであった。特に女芯の匂いを嗅がれていると知り、焦って叱りつける。

「ば、馬鹿、そんなところ——か、嗅がないでっ！」

今さら気がついたところで遅すぎる。だが、そうやって嫌がるということは、自身の中心が恥ずかしい匂いを放っている自覚があるのだろう。

もちろん友昭は恥臭の吸引をやめることなく、むしろ貪欲に嗅ぎまくる。アヌスが潜んでいるあたりにも鼻先を突っ込むと、さすがに夏生は狼狽した。

「イヤっ！」

鋭い悲鳴をあげ、腰を浮かせる。そのときを逃さず、友昭はベージュの下着を太腿までつるりと剝きおろした。

（ああ……）

お肉が詰まってはち切れそうな臀部があらわになる。叩けばパンパンといい音がするに違いない。加えて、綺麗な肌はまさにモチ肌か。シミもくすみもなく、輝かんばかりの麗しさだ。

「キャッ」

夏生が反射的に坐り込んだのは、あらわになったところを見られまいとしてだったのだろう。実際、その部分はチラッとしか確認できなかった。

だが、ヒップを落としたところには友昭の顔がある。ふっくらした尻肉に、直に頬骨がめり込んだ。

「むううッ」

しっとりスベスベな肌と、お肉の柔らかさもさることながら、臀裂にもぐり込んだ鼻が嗅ぎ取った秘香にも、目眩《めまい》を起こしそうになる。そこはアヌスの周辺で、熟成されたアポクリン臭ばかりか、生々しい発酵成分があることもわかったのだ。

（佐藤先生がこんな匂いをさせてるなんて――）

生徒を厳しく指導する体育教師が、おしりも満足に洗えていないのか。今度彼女が生徒を叱っているところを目撃したら、背後から近寄ってジャージのヒップに顔を押しつけ、どんな匂いがするのかみんなに教えてやろうか。

そんな場面を想像して、友昭は全身に震えがくるほど昂奮した。

まあ、学校のトイレには洗浄機がないし、大きいほうの用を足せば、いくら紙で綺麗に拭っても匂いまでは完全に取れない。そうと理解しつつも、傲慢な女教師からいいように扱われてきたのである。そのぐらいの仕返しをしなければ気が済まない。

「やん、もう……このおしり好きの変態」

自分から顔に坐っておきながら、夏生が理不尽に罵《ののし》る。そっちがその気ならと、友昭は舌を出して秘められたツボミを舐めた。

「ひっ――」

息を吸い込むような声が聞こえ、谷間がキュッとすぼまる。艶尻が焦って浮きあがろうとしたものの、友昭は両手でがっちり捕まえて放さなかった。そうして、ほんのり甘苦い谷底をねぶりまくる。

「や、やめて、そこは――あああ、よ、汚れてるからぁ」

やはり学校で用を足したのであろう。夏生の抵抗が大きくなる。たわわな尻を左右に振って逃れようとするものの、友昭は捕らえた獲物を決して離さなかった。さらに、こっちはどうかと、ヌルヌルしたものにまみれた恥唇に舌を這わせる。

「あふッ！」

人妻らしく熟れた下半身がビクッとわななき、抵抗がやむ。舌が肉の合わせ目を分けて侵入すると、陰部全体が収縮した。

「あああ、だ、だめ……」

なじる声が弱々しくなる。夏生はヒップをいやらしくくねらせ、明らかに感じているふうであった。

童貞の身ながら、麻紗美をクンニリングスで絶頂させたのである。その自信が、友昭の舌づかいをよりねちっこいものにさせていた。粘っこい分泌液を遠慮なくすすり、ほんのりしょっぱいそれで喉を潤しながら、敏感な肉芽を探る。

「ひぃいッ」

クリトリスを刺激されるなり、艶尻が顔の上でバウンドした。かなり感度がよさそうで、しつこく吸い転がすと内腿が電撃でも浴びたみたいに痙攣する。

「駄目ぇ、そこは――か、感じすぎちゃうぅ」

あられもない言葉遣いで、女教師が悦びを訴える。陰裂は新たな蜜汁をトロトロとこぼし、濃密な女くささを漂わせた。それが唾液と混じり、いっそう猥雑な臭気に変化する。

「ううう、こ、この――」

起死回生を狙ったか、夏生がそそり立った肉棒を強く握る。それは快さを年下の男に与えたものの、精液をほとばしらせたばかりであり、主導権をとり戻すには至らなかった。

「ちゃんと白状しないと、何度でも射精させるからね。キンタマが空っぽになって、し、死んじゃってもいいの?」

どうやら顔面騎乗の目的はそこにあったらしい。快感を与えて精液を搾り取り、降参させる算段だったようだ。

なるほど、たしかに昂奮させるには充分の魅惑的な尻を持ち、なまめかしい媚香を放っている。けれど、牡を愛撫するテクニックはさっぱりのようで、現に今も握ったり緩めたりを繰り返しているだけだ。これでは何度もイカせるのに、かなりの時間を要するだろう。

つまり、最初から無謀な作戦だったということだ。それからもうひとつ、友昭から逆襲される可能性を考慮していなかったことも、間違いのもとだった。

「いいですよ。いくらでも射精させてください」

陰部に息を吹きかけるようにして告げると、夏生が「はうう」と悩ましげな声を洩らす。これだけ感じるのに、よくぞパンティのみで顔に乗るなんて暴挙ができたものだ。やはり気持ちよくなりたいという意識があったのではないか。

「な、生意気なこと言うんじゃないわよ」

「だって、僕、すごく昂奮してるんです。佐藤先生のおしりがすごく素敵だから。

柔らかくて、もっちりしてて、肌もすべすべだし」

「それはあなたが、おしり好きだからでしょ？」

「おしりを嫌いな男なんていませんよ。それに、すごくいやらしい匂いがするから、たまんないです。アソコもおしりも――」

これには、彼女があからさまに狼狽を示す。

「ばばば、馬鹿ッ！　あ、あんたって本当に変態ね。ううん。最低の変態だわ」

「だけど、蒸れてプンプン匂うところを押しつけてきたのは、他ならぬ佐藤先生ですよ。ひょっとして、嗅いでほしかったんじゃないんですか？」

「そんなくさいところ、嗅いでほしいわけないでしょ！」

「全然くさくありませんよ。とってもいい匂いです」

恥臭を大袈裟にフガフガと吸い込めば、夏生が「いやぁっ！」と喚《わめ》いて下半身を暴れさせる。だが、友昭がアヌスをひと舐めすると、また「はひッ」と息を吸い込んで動きが止まった。可憐なツボミだけをヒクヒクと収縮させて。まるで、もっと舐められることを期待しているかのように。

「佐藤先生、ひょっとして今日、学校のトイレで大きいほうを出しませんでしたか？」

質問した理由は、言わずともわかったのであろう。
「うう……も、嫌いよぉ」
彼女はとうとうすすり泣きはじめた。
恥ずかしがられるのはともかく、泣かれるのは弱かった。もともと恫喝《どうかつ》された
に等しかったとは言え、女性の涙に平然としていられるほど、友昭は血も涙もな
い人間ではない。
だから、言葉でいじめるのはそこまでにして、秘唇舐めに専念したのである。
「あ、あッ、駄目ぇ」
クリトリスを吸いねぶられ、夏生が甲高い嬌声をあげる。敏感なそこはほとん
ど弱点のようで、女体からたちまち力が抜けた。
(旦那さんは、あまり舐めてあげないんだろうか?)
下腹が波打ち、陰部が忙しくすぼまる。ためらいをあからさまにする反応は、
クンニリングスに慣れていないように感じられた。
ただ、快感はかなりのものであるようだ。
「そ、そんなにしないでぇ、おかしくなっちゃうからぁ」
一転、愛らしい反応を示しだしたアラサー女教師に、友昭はそそられた。もっ

と乱れさせてあげようと、硬くふくらんで包皮を脱いだ尖りを、舌先で執拗に転がした。
「ああ、あ、それいいッ」
とうとうはしたない言葉を口にした夏生が、すぐに気がついてか「うッ、う
う」と恥辱の嗚咽《おえつ》をこぼす。それでも高まる歓喜には抗えないようで、熟れたボ
ディがいやらしくくねりだした。
「だ――らめ、あああ、い、イッちゃうからぁ」
舌をもつれさせ、頂上が近いことを訴える。
こんなに感度がいいということは、夫とのセックスだけでは満足できず、普段
からオナニーで秘核を刺激しているのだろうか。俗っぽい週刊誌の記事で得た知
識をもとに推察し、友昭は彼女が自らをまさぐる場面を思い浮かべた。それによ
って昂奮が高まり、舌づかいにも反映される。
ぴちぴちぴち……。
高速律動で剝き身の尖りをはじけば、下半身が爆発的なわななきを示す。顔の
上で熟れ尻がぷりぷりとはずみ、少しもじっとしていられないようだ。
「あ、イク、ほんとにイッちゃう」

柔らかな内腿が友昭の顔をキツく挟み込む。小刻みに痙攣したあと、

「ああああ、イクイクイク、う——くうううッ！」

昇りつめた女教師が全身を強ばらせる。ペニスを痛いほど強く握りしめ、そのまま動きを停止した。

収縮する女芯から、温かな蜜がじゅわりと溢れる。それを舌で受けとめたのと同時に、夏生は脱力した。友昭の上に身を重ね、ぐったりりして呼吸を荒ぶらせる。

彼女の口許は、ペニスの付け根付近にあった。せわしない息づかいが鼠蹊部を湿らせるばかりか、何かが伝う感触もある。虚脱状態で涎《よだれ》を垂らしたのかもしれない。

そして、ヒップが顔から離れたことで、ようやく秘められた部分の全貌を目で確認することができた。

きちんと処理をしているらしく、女陰の両サイドには恥毛が見当たらない。船底型に開いた肉の裂け目がまる見えで、一帯は唾液と愛液がべっとりと塗り込められ、淫らに濡れ光っている。

意外だったのは、全体に色素の沈着がほとんどなく、花びらも小ぶりだったことだ。これなら麻紗美の性器のほうが、ずっと大人びている。

（女性って、ひとりひとり違うものなんだな）

実物を目にして納得する。ただ、クリトリスは夏生のほうが発達していた。

（やっぱり頻繁にオナニーをしてるんだろうか）

人妻教師の自慰を脳裏に描き、友昭はそそり立ったままの秘茎をビクリと脈打たせた。

5

ようやくエクスタシーの余韻から抜け出た夏生が、のろのろと身を起こす。最初は虚《うつ》ろな眼差しを見せていたものの、友昭と目が合うなり我に返ったようだ。

「な――何てことしてくれたのよ、この変態っ！」

いきなり罵倒され、友昭はきょとんとなった。だが、急いでパンティを引きあげた彼女が、耳たぶまで赤くしていることに気がつき、イカされたことが恥ずかしかったのだと悟る。

だからこそ、年下の男を変わらずなじり続けたのだろう。

「あんなことで誤魔化されないいんだからね。さっさと白状して、楽になりなさい。

僕が生徒のパンツを盗みましたって」

なんてしつこいのかと、友昭はあきれるばかりだった。だが、ふと冤罪を証明する方法を思いつき、マットの上に起きあがって告げる。

「だったら、その下着を女子生徒に見せて、盗まれたものかどうか確認してください」

「は？　なに言って——」

「彼女は絶対に違うと答えるはずです。そうすれば、僕への疑いは晴れますよね？」

堂々と主張したことで、夏生は怯んだ。そして、自分の早合点だったのかと焦りだしたようである。

しかし、それでもなお、非を認めようとはしなかった。

「ふん。そんな手にのるもんですか」

「え？」

「そこまで言えば、わたしが引き下がるとでも思ったんでしょうけど、そうは問屋が卸さないからね。あなたがとんでもない変態だってことは証明されたんだし、さっさとパンツ泥棒だって認めなさい。そうすれば、これは他で見つけたことにしてあの子に返して、あなたの罪はわたしの胸の中にしまっておいてもいいわ」

彼女のほうは譲歩したつもりかもしれないが、要はどうあっても罪を認めさせて、無実の若者を疑った失態を帳消しにしたいだけではないか。そんな手にのるわけにはいかない。

「認めませんよ。だって盗んでないんですから。佐藤先生のほうこそ、僕に罪をなすりつけて、この場を納めようとしているだけじゃないですか」

図星を突かれて、女教師の顔が強ばる。その表情が憎々しげなものに変化するのに、さほど時間はかからなかった。

「ったく、強情な子ねえ」

怒り心頭という彼女に迫られ、友昭はたじたじとなった。そしてまた肩を突き飛ばされ、セーフティマットに転がされる。

「だったら、本当にキンタマが空になるまで、精液を搾り取ってあげるわよ」

言うなり、引っ張りあげたばかりのパンティをするりと脱ぎおろす。爪先から抜いて、脇に放った。

(え、なに!?)

あまりのことに茫然とする友昭の腰を跨ぎ、しゃがみ込んで牡の屹立を摑む。

自らの底部に導くなり、たわわなヒップを勢いよく落とした。

ぬるん——。

分身があまりにあっ気なく呑み込まれたものだから、いったい何が起こったのか、友昭はすぐにはわからなかった。三十路前の女教師と初体験を遂げたのだと理解したのは、まつわりつく濡れた媚肉がキュウッとすぼまってからだった。

「あああぁ——」

一気にマックスまで高まった悦びに目がくらむ。ヌルヌルして柔らかなものが分身を締めつけ、わずかに蠢いているよう。ペニスが膣に入っているのだと自覚するなり、折り返すことができなくなった。

「あ、あう、出る」

腰をぎくしゃくと跳ねあげて昇りつめる。めくるめく快感に意識を飛ばし、牡のエキスを勢いよく放った。

「ああ、あ、うああ……」

ペニスの中心を熱い滾《たぎ》りが通過するたびに、だらしなく声をあげてしまう。ビクッ、ビクンと、肉体のあちこちが痙攣するのをどうすることもできなかった。

「え、もう出ちゃったの？」

夏生がきょとんとした顔を見せる。けれど友昭はゼイゼイと息を荒らげ、年上の女を虚ろな眼差しで見あげるばかりであった。

（……僕、セックスしたんだ）

あまりに出し抜けだったものだから、男になれたという感慨が湧いてこない。ただ、彼女の中がたまらなく気持ちよかったのは事実で、だからこそすぐに射精してしまったのだ。

そして、まだし足りないとばかりに、肉根は雄々しく脈打ったままである。

「あん……宮下君の、大きいままじゃない」

夏生も気がついたのか、腰を悩ましげにくねらせる。結合部分がニチャッと卑猥な音をこぼした。

「若いだけあって、早漏だけど元気なのね。じゃ、もっと出させてあげるわ」

どうやら童貞を奪ったとは気がついてないようである。

夏生が友昭の両脇に膝をつき、上半身をはずませる。人妻だけあってセックスは慣れているのか、リズミカルな動作で牡に悦びを与えた。

いや、自身の快感を追い求めることが目的だったのか。

「あ、あ、素敵——あああ、か、感じる」

首を反らし、喜悦の声をあげる。体育教師だけあって姿勢がよく、背すじをピンと伸ばしてからだを上下させるところは、あたかも跳躍運動を見ているかのようだ。

おまけに、女膣の締まりもかなりのものだった。

友昭も呻き、身をよじる。射精直後で過敏になっている亀頭を、柔ヒダで隙間なくこすられるのは、頭がおかしくなりそうに気持ちがよかった。

「うあ、あ、くううう」

(これが女のひとの中なのか――)

逆流したザーメンが、グチュグチュと泡立っている。温かく濡れた蜜壺の、なんと快いことか。細かく破いたゼリーに埋まっているかのようだ。自分は母親のここから生まれ出たのであり、魂の故郷に戻った心地すらした。

そうやって、ようやく女芯の感触を味わう余裕はできたものの、責められどおしで反撃のチャンスがなかなか摑めなかった。

(佐藤先生は、いつもこんなふうにして旦那さんに跨がっているのかな)

文字通り尻に敷いて、腰を振りまくっているのではないか。満足に愛撫してもらえず、セックスの道具のように扱われるのでは、夫が可哀相である。

などと、よその夫婦生活を気にしている場合ではない。

二度も射精したあとだけに、すぐに爆発する気配はなかった。そのぶん、狂おしい快感が長引きそうで、このままでは本当におかしくなってしまう。喜悦に頭を蕩かされて、やってもいない下着泥棒を認めてしまう恐れすらあった。

（ええい、こうなったら）

一方的にやられているだけでは駄目だ。童貞を卒業したばかりの身ではあるが、どうにかお返ししなくてはならない。

友昭は夏生がヒップを下げるタイミングを狙って、腰を真上に突きあげた。両者の動きが重なって、肉の猛りが勢いよく膣奥に侵入する。

ぱつんッ！

股間のぶつかり合いが湿った音を鳴らしたのと同時に、

「きゃふうッ！」

女教師が甲高い嬌声をあげ、下半身をワナワナと震わせた。焦り気味に腰を浮かせたのを逃さず、再び強烈な一撃をお見舞いする。

「あうう、ふ、深いーっ」

友昭が真下から突きまくったことで、彼女はリズミカルな腰づかいを維持することができなくなった。「あふ、あううッ」と間断なく喘《あえ》ぎ、上半身を前後に揺らす。

「そ、そんなにしないで……くうう、あ、強すぎるぅ――」

やはり普段から自分が責めてばかりだったのではないか。逆襲に対する構えができていなかったようで、呼吸を乱して艶めく声をあげた。

「ああ、あうッ、ううう、い、いいのぉ、あああ、か、感じすぎちゃふぅ」

クンニリングスに続き、ピストンでも年上の女をよがらせ、友昭はすっかり自信を得た。自分はセックスの天才ではないのかと、思い上がったことまで考える。調子に乗って攻め続け、腰の疲れもまったく感じなかった。

まあ、実際に三十路前の熟れたボディが、歓喜にくねっているのだ。思い上がるなと言うほうが無理かもしれない。

「あ、駄目だめ、またイッちゃうぅ」

夏生が乱れだす。坐り込んで友昭の動きを制止しようとしたらしいが、高まる悦びに力が入らないようだ。

結局、オルガスムスの波に巻かれてしまう。

「あ、イク、イクイク、ああああ、い――イッちゃううぅうううっ！」

骨組みが外れた人形みたいに、上半身がガクガクと前後に揺れる。崩れ落ちそうになった女体を、友昭は太腿をしっかりと摑んで支えた。

そうして、間を置かずに高速のピストンを繰り出す。

「あ、あ、あ、だ——らめ、いい、イッてるのにぃ」

絶頂の波が完全に引かないまま、また新たな波を引き込む。さらなる高みに押し上げられ、人妻教師は涎を垂らして総身をわななかせた。

「あふぅ、い、イク——すごいの来るぅっ！」

結局、友昭がこの日三度目の精を膣奥に放つまで、夏生は立て続けに四度も昇りつめた。


なまめかしい匂いをぷんぷんと放つ女教師が、セーフティマットの上でだらしなく仰向けになっている。大きく盛り上がったジャージの胸が上下するのを見おろしながら、友昭は身繕いをした。

むっちりした太腿が六十度近く開き、白く泡立った淫液をこびりつかせた女陰をあらわに晒している。開き気味のところから、中出しされた精液が多量にこぼれ出ていた。

（妊娠……だいじょうぶなのかな？）

今さら気になったものの、膣で精液を搾り取ろうと自ら跨がってきたのである。安全日だと認識しての行動だったのだろう。だいたい、保健の授業も担当する教師が、向こう見ずなセックスをするはずがない。

友昭がスーツのシワを整えたところで、ようやく夏生が瞼を開く。トロンとした眼差しでこちらを見あげ、怪訝そうに眉根を寄せた。いったい何があったのか思い出せないらしい。

いつまでも相手をしていられないと、友昭は彼女を残して体育用具室を出た。背後から「あ、ちょっと――」と呼びかける声がしたものの、無視を決め込んだ。

（いいさ。僕を下着泥棒にしたいのなら、そうすればいい）

女物のパンティを持っていたことを、夏生が教頭や校長に訴えるかもしれない。けれど、そのときはそのときだ。完全に開き直っていた。

外はすっかり暗くなっている。職員室に戻ると明かりは点《つ》いていたものの、誰も残っていなかった。

（しょうがない。帰るか）

仕事はまだ残っていたが、このあとも続ける気にはなれなかった。三度も射精したせいで腰が気怠《けだる》く、早く家に帰って休みたかったし、シャワーも浴びたかった。

ところが、机上を整理して帰り支度をしたところで電話が鳴る。

(誰だ、こんな遅くに?)

首をかしげつつ受話器を取り、「お待たせいたしました、国実第二中学校、宮下です」と、習慣になっている挨拶を述べると、

『あの、わたし、女子バスケットボール部の牧田《まきた》ですけど、佐藤先生はまだ学校にいらっしゃいますか?』

女子生徒のオドオドしたふうな声が聞こえて面喰らう。

「ああ、ええと、佐藤先生は——」

まさかセックス疲れでひっくり返っているとも言えず、友昭は返答に窮した。

そのとき、廊下のほうでパタパタと足音がして、くだんの女教師が職員室に躍り込んでくる。手にはあのパンティをしっかり握りしめて。

「ちょっと、どうして逃げるのよ——」

「あ、佐藤先生、お電話です」

「え?」

出し抜けに受話器を差し出され、夏生は目をぱちくりさせた。それでも電話口に出ると、一転丁寧な受け答えをする。

「はい、代わりました。佐藤です。ああ、牧田さん。どうしたの？」

女子生徒の声が受話器からかすかに洩れ聞こえるなり、彼女の顔色が変わる。

「え、あったの!?」

素っ頓狂な声に、友昭はビクッとした。だが、夏生がこちらを見て《しまった》というふうに顔をしかめたものだから、何が起こったのかを推察する。

（そうか。下着をなくした女の子からの電話なんだな）

そして、なくしたはずのものが見つかったという連絡なのだ。

「そうなの、体操着のあいだに……うん。まあ、よかったじゃない。無事に出てきたんだから……ああ、いいのよ。気にしないで。わたしもこれから探そうかと思ってたところだったから」

取り繕ったことを述べる夏生を、友昭は睨みつけた。

（気にしないでって……被害を受けた僕の立場は？）

不満をあからさまにすると、彼女が肩をすぼめて目線を逸らす。あとは短く言葉を交わしてから電話を切った。

それから、バツが悪そうに友昭を見つめる。

「ええと、なくなってたパンツが出てきたんだって。体操着のあいだに入り込んでたから、なかなか見つからなかったみたい……」

普段の潑剌とした体育教師っぷりが嘘のように、夏生が口ごもるように説明する。

「つまり、盗まれてなかったってことですよね？」

友昭が厭味たっぷりの口調で確認すると、彼女はビクッと肩を震わせた。

「う、うん……」

「じゃあ、それを返していただいてもいいですか？」

「え？　あ、ああ、はい」

怖ず怖ずと差し出された麻紗美のパンティを奪い取り、友昭は大袈裟にため息をついた。これにも、女教師は所在なさげに首を縮めた。

（もう一度洗ったほうがいいな）

クシャクシャになった薄物は、さんざん弄《もてあそ》ばれた自分自身のようである。今度はちゃんと袋に入れて持ってくることにしよう。

「じゃあ、僕はこれで帰りますので、戸締まりをお願いします」

「は、はい。えと……お疲れ様でした」

「ええ、お疲れ様でした」

友昭は鞄を手に職員室を出た。チラッと後ろを振り返ると、夏生が申し訳なさそうな顔で見送っている。

（まったく、こっちの言い分を全然聞かないから、こんなことになるんだよ）

生徒相手にもこれでは困ると憤慨したものの、おかげで童貞を卒業できたわけである。その点はラッキーだったとも言えよう。

（気持ちいいんだな、セックスって）

初体験で女性をイカせることもできたし、その点は夏生に感謝してもいい。やっと男になれたという気概も満ちてくる。

（そっか……僕はもう、童貞じゃないんだ！）

職員玄関を出ると、友昭は軽くスキップをした。

第三章　女教師の更衣室

1

　翌日、麻紗美から声をかけられたのは、三時間目が終わった直後のことであった。

「これ、今朝話があった市教委へ出す申請書、とりあえず作ってみたんだけど、チェックしておいてもらえる?」

「はい、わかりました」

　そうして受け取った文書の上に、さりげなく手書きのメモが重ねてあったのだ。

【四時間目が始まったら、視聴覚準備室に来て】

素っ気ないほど簡潔な一文は、けれど言葉以上の淫靡な意味を内在している。

(来須先生、僕とセックスするつもりなんだ!)

胸を高鳴らせて正面の女教師を見ると、彼女は軽く目配せしてから、素知らぬ顔で席を立った。そうして職員室の後方にあるキーボックスのところに進み、中から鍵をひとつ取り出す。視聴覚準備室のものだろう。

男にしてあげるという約束を、麻紗美は忘れていなかった。これからそれを果たしてくれるのだ。

それも、授業中の校内で。

視聴覚準備室をその場所に選んだのは、理科室と同じく校舎の四階で、生徒も教師もほとんどやって来ないからであろう。加えて、ビデオ鑑賞などに使用される視聴覚教室がそうであるように、準備室もまた完全防音であるからに違いない。

つまり、使用中の表示さえ出しておけば、授業中でも心置きなく淫らな行為を愉しめるということだ。

ただ、気にかかることがまったくなかったわけではない。

(僕、もう童貞じゃないんだよな……)

ほとんど逆レイプされるみたいに、体育教師の夏生に童貞を奪われてしまったのだ。

もちろん麻紗美は、そんなことは知らない。だからこそ、こうして誘ってくれたのだ。それに友昭も、昨日のことを打ち明けるつもりはなかった。

(あれは事故みたいなものだったんだし、今日が本当の初体験なんだ)

職員室を出ていく麻紗美を視界の隅で見送り、友昭は心が浮き立つのをどうすることもできなかった。

昨日、夏生を相手に三回も射精し、家に帰ったあともそのことを思い出して、オナニーに耽ったのである。にもかかわらず、ペニスは早くも若い力を漲らせつつあった。このぶんなら、麻紗美とだって何回もできそうである。

(これを今日は、来須先生の中に挿れられるのか)

股間のふくらみに手のひらをかぶせ、切ない疼《うず》きに身をよじったとき、ふと視線を感じてビクッとする。

恐る恐るそのほうに顔を向ければ、従姉の由貴子がこちらをじっと見つめていた。それも、背すじが震えるほど冷たい眼差しで。

いや、単に眼鏡のレンズが光っているから、そんなふうに感じただけかもしれない。だが、少なくとも従弟への親愛を示すものではなかった。

(由貴姉ちゃん――)

友昭は目を逸らすことができずに固まってしまった。

もしかしたら彼女は、これから校内で不埒《ふらち》な行為に及ぶことを見抜いているのだろうか。そんなことはあり得ないと知りつつも、もしかしたらと怪しんでしまうのは、やはり負い目があるからだ。

(ちゃんと謝ったほうがいいのかもしれない)

この先も従姉の目を気にしてビクビクし続けるなんて、精神衛生的にも甚だよろしくない。きちんと決着をつけるべきではないのか。

ただ、そう思っても、すぐさま行動に移せるだけの度胸はなかった。

(……とりあえず、来須先生とセックスしたあとだな)

正式な(?)初体験を済ませて、一人前の男になったら、そのときはきちんと彼女に謝ろう。

その場しのぎの決心を固めたところで、四時間目開始のチャイムが鳴る。それはあたかも祝福のベルのごとく、友昭の胸に深く響いた。

すると、由貴子が視線をはずして立ちあがる。教科書と指導書を手にすると、淑《しと》やかな足取りで職員室を出ていった。これから授業なのだろう。

従姉がいなくなったことで、友昭は緊張がすっと抜けるのを感じた。そして、いよいよだと胸をはずませる。

（よし、僕も行こう）

ふうと息を吐いて席を立つ。怪しまれることのないよう、ちょっと用足しにというフリを装って、職員室をあとにした。

2

視聴覚準備室には、外に【使用中】の札が下がっていた。深呼吸をしてから軽くノックをすると、ドアがすぐに開けられる。

「待ってたわ。さ、入って」

ニコニコ笑顔で歓迎され、友昭の頬も自然と緩んだ。

中に入ると、麻紗美がドアをしっかりとロックする。内履きを脱ぐと「こっちよ」と手を握られ、奥に招かれた。

窓のない縦長の室内は、防音仕様だけあって声が響かない。壁際の棚に視聴覚機器が整然と片づけられ、いささか手狭だけれど、男女がコトを行なうには充分な広さがある。それに、これも音を響かせないためか床が綺麗なカーペット敷きで、だから内履きを脱いだのだ。

(ここで来須先生と――)

理科室で戯れたとき以上に淫靡な雰囲気なのは、完全な密室だからだろう。年上の女教師が漂わせる女性らしい甘い香りも、色濃く立ちこめていた。

奥には執務用のデスクがあり、その前でふたりはくちづけを交わした。最初は唇を重ねて軽く吸うだけのおとなしいものだったが、情感が高まってくると腕を互いの背中に回し、しっかりと抱擁して舌を絡めあった。

「むぅ……」

「ンふぅ」

吐息もせわしなくはずみだす。唾液を交換しながら相手のからだをまさぐり、友昭の手はもっちりしたヒップに及んだ。

(ああ、ぷりぷりしてる)

今日の麻紗美はシックなパンツスーツだが、着衣越しでもお肉の柔らかさと弾力が心地よい。ずっと揉み続けても飽きない。

アヌスは舐めたものの、理科室では彼女のおしりそのものを愛でなかった。印象が強いのは、顔面騎乗をしてきた夏生のほうだろう。けれど、あのおかげで豊かな丸みの魅力に目覚めた気がする。

「んぅ……」

しつこく尻を揉み撫でていると、麻紗美が悩ましげに呻き、腰をくねらせる。対抗するようにふたりのあいだに手を差し入れ、牡の高まりを握ってきた。

「むふぅ」

友昭も太い鼻息を吹きこぼし、快さに身をよじる。抱擁とくちづけが、愛撫交歓へとエスカレートした。

そうして唇をほどいたときには、麻紗美の頰は上気して赤らんでいた。目もトロンとして焦点を失い、泣いたあとみたいに潤んでいる。

「……いよいよだね。友昭クンの初体験」

「うん」

しっかりうなずいたものの、友昭の胸はチクッと痛んだ。しかし、ここは最後までしっかり〝初めて〟を演じきろうと、自らに言い聞かせる。

「じゃ、しよ」

ほほ笑んで告げた麻紗美が、スーツの上着に手をかける。それを脱がせるとネクタイもはずし、ワイシャツのボタンをひとつひとつはずしていった。

(え、全部脱ぐの?)

てっきり下半身だけ裸になるものと思っていたから、彼女が上から順番に衣服を奪ってゆくのに面喰らう。誰も来ないだろうとは言え、授業中の校内で全裸になることには抵抗を禁じ得なかった。

だが、麻紗美も脱いでくれるのならと考え直す。一糸まとわず抱きあったほうがずっと気持ちいいだろうし、童貞を捧げたという実感もより強いはずだ。

(今からが本当の初体験なんだからな)

改めて最初からという意味でも、生まれたままの姿になったほうがいいだろう。

そうして上も下も、ソックスまでも脱がされて、あとはブリーフのみという格好にさせられる。寒くはないが、まったく恥ずかしくないなんてことはなく、耳たぶがやけに熱かった。

しかも、ブリーフの前は勃起したペニスの形状をあからさまにするほどに、隆々と盛りあがっていたのだから。

「うふ、元気ね」

高まりの頂上には恥ずかしいシミもできており、そこを麻紗美が人差し指の先ですりすりする。

「あ——うああ」

布越しでも、敏感な粘膜を刺激されるのはたまらない。友昭はだらしなく喘ぎ、膝を震わせた。

「もうヌルヌルしたお汁が出てるわ。エッチしたくてたまらないのね」

わかりきったことを指摘され、羞恥が募る。だったら自分も早く脱げばいいのにと焦れたところで、

「ね、そこに坐って」

と、デスクの回転椅子を指差された。

(脱ぐところを見せてくれるのかな?)

ストリップの観客気分で腰をおろしたものの、彼女がジャケットも脱がずに前に跪《ひざまず》いたものだから戸惑う。おまけにブリーフも脱がそうとせずに、牡の隆起部分に顔を伏せたのだ。

「男の子の匂いがするわ……」

つぶやくように言われ、蒸れた牡の匂いを嗅いでいるのだと悟る。

理科室でのとき、麻紗美が洗っていないペニスの匂いが好きだと告白したのを

思い出す。今もうっとりした顔を見せていた。単純に好きというのではなく、かなりフェチっぽい嗜好があるのではないか。

もっとも、友昭とて彼女や夏生の秘部を、貪欲に嗅ぎまわったのである。あれこれ非難できる立場ではない。

それに、もともと男女は、互いの匂いに惹かれるようになっているのかもしれない。

ただ、麻紗美がその部分を嗅ぐだけでなく、ふっくらした唇でブリーフごと高まりを咥えたのには、戸惑わずにいられなかった。

「ん……ンふ」

鼻息をこぼしながら硬い肉胴を甘噛みし、レロレロと舐める。綿の布が唾液を吸い込み、じっとりと湿ってきた。

(うう、こんなのって……)

たしかに気持ちいいのだが、焦れったさのほうが強い。早くどうにかしてくれと、いたずらにカウパー腺液ばかりが滲み出た。

だが、どうやら彼女は、焦らすためにそんな愛撫をしているわけではないらしい。ブリーフに染み込んだ匂いばかりでなく、味も愉しんでいるようなのだ。

（ああ、やめてくれないかなあ）

もちろん美味しいわけがないから、居たたまれなさが募る。昨夜、入浴後に穿き替えたのだが、そのあとでオナニーをしたものだから、精液の残滓《ざんし》も染み込んでいるに違いないのだ。

けれど、年上の女教師は、亀頭の赤みが透けるまでブリーフ越しのフェラチオを続けた。ようやく口をはずすと、満足げに息をつく。

「美味しかったわ、友昭クンのオチンチン」

いや、それはブリーフの味だからと思ったものの、口には出せず黙り込む。これなら直にしゃぶられたほうが、まだ居たたまれなさを感じないで済んだだろう。

すると、彼女がブリーフのゴムに両手をかける。

「おしり上げて」

言われるなりに従えば、最後の一枚がするすると脚を下る。これで素っ裸だ。

「すごいわ。こんなに勃ってる」

下腹にへばりついてそそり立つ肉根に、麻紗美が嬉しそうに目を細める。淫蕩に唇を舐め、すぐにでもしゃぶりたそうな表情を見せた。

けれど、彼女は筋張った筒肉に指を回すと、軽く数回往復させただけで、手を離してしまった。もちろん、口をつけることもなく。

「ねえ、今度はあたしのも舐めてくれる？」

クンニリングスをねだられて、友昭は即座に「はい、もちろん」とうなずいた。フェラチオもしてほしかったが、時間はまだたっぷりとある。またイカせてあげれば、生のペニスを頬張ってくれるのではないか。

「じゃ、お願いするわ」

麻紗美は立ちあがると、スーツのボトムに両手をかけた。中の下着ごと、女らしく色づいた腰から無造作に剝きおろす。

ところが、上半身はそのままなので首をかしげた。

「あたしが椅子に坐ったほうがいい？　それともデスクに腰かけたほうが舐めやすいかしら？」

どの位置関係がいいかと迷っているふうだ。答えをこちらに委《ゆだ》ねているとわかり、だったらと破廉恥なポーズを求める。

「床で四つん這いになってもらえますか？　そのほうが舐めやすいと思いますから」

できるだけ屈辱的な姿勢をさせようと考えたのは、少しでも主導権を得るためだった。パンツ越しにフェラをしたり、こちらを素っ裸にしておきながら、自分は下半身だけで済ませたりと、麻紗美は自由に振る舞っている。そんな年上の女を屈服させたくなっていた。

これが本当の初体験のつもりだが、実際には童貞ではない。それに、ふたりの年上女性をクンニリングスでイカせることができたし、夏生に至ってはセックスでも絶頂に導いたのだ。その自負心も、ただ従わされることに抵抗を感じさせたようだ。

「ん……わかったわ」

麻紗美は素直に動き、カーペットの上に両手両膝をついた。こちらにまん丸なおしりを向けて。

(ああ……)

友昭は吸い寄せられるように、床に膝をついた。ぷりんとした双丘に両手を添え、感極まって顔を近づける。

そこは夏生の豊臀と比較すれば小ぶりであったろう。けれど、ふっくらした綺麗な丸みはエロチックで、深い谷底に見える女芯の佇まいや、可憐なアヌスにも心ときめく。

ただ、前回とは異なる点がひとつあった。細くて淡い和毛が広い範囲に萌えていたはずが、まったく見当たらなかったのだ。

「あ、剃ったんですか？」

訊ねると、彼女は恥ずかしそうにヒップをくねらせつつ、「そうよ」と返事をした。

「友昭クンは初めてのエッチなんだから、邪魔っ気なものがないほうが挿れやすいかと思って」

けれどそれは、取り繕った答えにしか思えなかった。女陰をすべて包み隠すほどの剛毛ならともかく、ただ範囲が広いだけで少しも濃くなかったし、どこに何があるかもはっきりとわかったのだから。

もしかしたら、まったく処理していなかったことが、あとになって恥ずかしくなったのかもしれない。それに、おしりのほうにまで生えていることも気になって、だったらと剃ってしまったのではないか。

秘毛はもともと一本一本が細く柔らかだったから、剃り跡はまったく見当たらないものの、大人びた色素が一帯に沈着している。それに、花弁も大きくはみ出しており、幼女のワレメとは明らかに異なる眺めだ。

むしろ毛がなくなったことで、より卑猥に感じられる。麻紗美自身は小柄で愛らしく、無毛の羞恥帯がよく似合っている反面、成熟した性器とのギャップが際だつせいもあるのだろう。

とにかく、胸が震えるほどいやらしい眺めであることには間違いなく、だから友昭も舐めたくてたまらなくなっていた。ところが、口をつける直前に、麻紗美が何か思い出したように「あ――」と声をあげる。

「どうしたんですか?」

「んー、あの」

アヌスを恥ずかしそうにすぼめながら、彼女はためらいがちに答えた。

「あたし、生理が近いから、ちょっとくさいかもしれないの。ごめんね」

なるほど、たしかにその部分からは、一昨日と比べるとナマぐさいような秘臭が漂っていた。

そうするとお昼前に誘ってきたのは、放課後まで待ったらその部分の匂いがもっとキツくなると危惧してなのか。毛を剃ったのも、匂いがこもらないようにと考えてのことかもしれない。

けれど、正直な性器臭は牡の劣情を煽りこそすれ、不快に感じさせることはない。むしろ好ましくて、ずっと嗅いでいたかった。

「だいじょうぶです。来須先生のここ、とってもいい匂いだから気にしないでください」

友昭は正直に答えたつもりだったが、それは女教師の羞恥をいっそう激しくしてしまったようだ。

「だ、だから、そんなところがいい匂いのはずないでしょ！」

咎めるように、剝き身のヒップをぷりぷりと揺する。半分だけ振り返った顔は、頰が赤く染まっていた。

「いや、だけど……」

「匂いはどうでもいいから、は、早く舐めなさいッ」

照れ隠しなのだろう、叱りつける口調ではしたない命令をくだす。そんなところもやけに可愛らしく思えて、友昭は尻割れの狭間に顔を埋めた。

だが、口をつけたところは秘唇ではなく、もっと愛らしいツボミであった。

「きゃふッ」

放射状のシワをひと舐めされるなり、甲高い悲鳴があがる。その部分が焦ったようにすぼまった。

「も、もう……おしりばっかり」

麻紗美はなじったものの、羞恥部分を舐めてもらいたがったのは彼女自身なのである。理科室でアヌスがまる見えのポーズをとったのだって、今から思えばそこに舌を這わせるよう誘導するためだったのではないか。

（こうされるのが好きなくせに）

けれど恥ずかしいから、素直になれないのだろう。内心で苦笑しつつ、舌先でくすぐるように秘肛を責める。一昨日のように秘めやかな匂いはせず、それがちょっぴり物足りなかったものの、ほんのり甘じょっぱいツボミを貪欲に味わった。

「あうう……く、くすぐったいー」

舐められるところがせわしなく収縮する。反応はたしかにくすぐったそうではあるものの、そればかりではないはずだ。なぜなら、大きくはみ出した花弁のあいだに、透明な蜜が今にも滴りそうに溜まっていたのである。

（本当におしりの穴が感じるんだな）

前回でわかっていたことではあるものの、やはり排泄口であるから、信じ難いという気持ちを払拭できない。

（でも、佐藤先生も感じてたみたいだったし……）

今みたいにしつこく舐めなかったけれど、その部分はいやらしくヒクついていた。もっと続けていたら、麻紗美のように秘唇をしとどに濡らしたのだろうか。

「うう、そ、そこはもういいから……ああん、お、おまんこも舐めてよぉ」

直接的すぎる言葉遣いでクンニリングスをねだる女教師に、友昭は頭がクラクラするようだった。

(なんていやらしいんだ)

同期の彼女にお仕置きをするつもりで、尖らせた舌をツボミの中心に押し込む。たっぷりと潤滑されていた上に、括約筋もいくぶんほころんでいたようで、ほんの数ミリであろう侵入に成功した。

「くううううーっ」

麻紗美が首を反らし、ヒップを強くすぼめる。ふっくらした双丘に、筋肉の浅いへこみができた。

「ば、馬鹿ッ。舌を入れるなんて反則よ！」

なじられても、知らぬ存ぜぬを貫き通す。舌先を小刻みに出し入れさせれば、括約筋が穴を絞り、不埒な侵入物を捕まえようとした。もちろん、たっぷりと潤滑されているから、ウナギのごとくヌルヌルと逃げまくる。

「うう、い、いやぁ」

悩ましさの強い声をあげ、麻紗美は呼吸を荒ぶらせた。アヌスの輪っかを刺激されたことで、快感が強くなったようである。

ただ、それ以外の危ぶむ感覚も生じたらしかった。

「お、お願い……そんなにしないで。ああ、で、出ちゃいそうなのぉ」

忙しくヒクつく肛穴は、直腸内のものを排出したくなっているよう。おそらくはガスを洩らしそうになっているのだ。

そのぐらいならべつにかまわないし、嗅いでみたいとも思った。けれどそれは、彼女に多大な恥辱を与えることになるだろう。

さすがにそれは可哀相かと憐憫《れんびん》を覚え、友昭は舌先をアヌスからはずした。泣かれてしまっては、行為を続けることもできなくなる。

「ふうー」

どうやら危機は脱したようで、若い女教師が安堵のため息をつく。しかし、またおしりばかり悪戯されてはたまらないと思ったか、カーペットの床にころりと仰向けになった。

「もう……友昭クンのヘンタイ」

涙目で睨まれ、友昭は首を縮めた。それでも、素直に「ごめんなさい」と謝る。

「な、何だっておしりの穴ばっかり舐めるのよ!?」

「だって、来須先生のがとっても可愛かったから」

「ああ、もう、おまんこがいい匂いだとか、おしりの穴が可愛いとか、童貞のくせにフェチすぎるんじゃない?」

かく言う麻紗美だって、洗っていないペニスをクンクン嗅いだり、ブリーフの上からフェラチオに挑んだりしたのである。ほとんどおあいこだと思うのだが。

それに、あらわに晒された無毛の陰部は、溢れた蜜液で一帯がべっとりと濡れ光っていたのだ。

「だけど、おしりの穴を舐められて気持ちよかったんですよね? アソコがビシヨビショになってますよ」

「え?」

その自覚がなかったのか、彼女が慌ててその部分に指を這わせる。粘っこい恥液を確認して、頰を赤らめた。

「こ、これは――友昭クンのツバが垂れたんでしょ? しつこく舐めてたもの」

「僕の唾は、こんなにヌルヌルしてませんよ」

友昭も淫らに咲き誇った女芯に触れた。花弁を大きく開いた上側、包皮を脱ぎかけたクリトリスに。

「あひッ」

アナル舐めのせいで敏感になっていたらしく、艶腰がビクンと跳ねる。さらに硬くなっていた肉芽を指頭で転がすと、わななきが全身に広がった。

「あうう、か、感じすぎるのぉ」

身悶える年上の女は、外見の幼さと無毛の性器のせいで、痛々しい色っぽさがある。それゆえに無性にゾクゾクした。

「ああ、感じてる来須先生、すごく可愛いです」

「ば、バカ。あううう」

「やっぱりここが一番気持ちいいんですね」

「そ、そうよ。でも——」

「でも、何ですか?」

「指じゃなくて……あああ、な、舐めてよぉ」

匂いが気になっても、クンニリングスの快感には抗えないらしい。

はしたないおねだりに、友昭は劣情をマックスまで高めた。濡れていっそう生々しい淫臭をたち昇らせる女の苑に、鼻息荒くむしゃぶりつく。

ぢゅびびッ――。

恥裂に溜まった蜜を勢いよくすすると、女の情感を湛えた下腹がなまめかしく波打つ。焦ったようにすぼまった膣口が、新たな愛液を溢れさせた。

「はうう、そ、それいいッ」

あられもなくよがり、ヒップをくねらせる麻紗美は、クリトリスを吸われるとますます乱れた。

「あ、あ、いいの、いいっ、お、おまんこ気持ちいぃー」

聖職者としての慎みも忘れ、ひたすら快楽を享受する。だが、ひとりの女としては、むしろ正直と言えた。

だからこそ、友昭はもっと感じさせたくて、一心に舌を律動させたのだ。

ぴちゅぴちゅぴちゅ……ぢゅぢゅっ。

秘核をねぶり、唾液と恥蜜をブレンドしたジュースをすすって喉を潤す。麻紗美は少しもじっとしていられずに身悶え、両脚を曲げ伸ばししてカーペットを爪先で引っ搔いた。

「ううう、と、友昭クンの舌、たまんないのぉ――あ、すごく感じるぅ」

このまま続ければ、またイカせることができるに違いない。アクメの瞬間を見届けるべく、舌の動きを速めると、

「ねえ、と、友昭クンのオチンチン、ちょうだい。あたしにもしゃぶらせてッ！」

口早に牡の猛りを求められる。自分ばかりが責められて昇りつめるのは切ないのか、一緒に気持ちよくなりたいらしい。

（どうしよう――）

友昭が躊躇したのは、彼女にフェラチオをされて射精を我慢できる自信がまったくなかったからだ。

いや、仮に爆発してしまっても、再び勃起させればいい。だが、前回ここぞというところで勃たなくなったこともあり、慎重に進めたかったのだ。

「ね、ねえ、ちょうだい。オチンチン、お口に欲しいのぉ」

麻紗美はしつこく求めてくる。こうなったら仕方ないと、友昭は秘唇に口をつけたまま、からだの向きを百八十度変えた。彼女の頭を膝で跨ぐなり、下腹にへばりついていたペニスが握られる。

ちゅぱッ――。

亀頭で軽やかな舌鼓が打たれるなり、鼠蹊部が気怠くなるほどの悦びが生じる。

「むふぅッ」

友昭は淫靡な匂いを漂わせる女芯に、熱い息を吹きかけた。

（ううう、気持ちいい）

前回もこんなに感じただろうか。もっとも、あのときの麻紗美は、射精後のペニスを清めるために舐めただけのようだった。今は快感を与えるべくしゃぶっているから、ここまで感じるのかもしれない。

ともあれ、危機的状況であることは間違いなかった。

（我慢しなきゃ……出したらまた初体験はおあずけだぞ）

懸命に理性を振り絞り、クンニリングスで彼女をイカせることに集中する。硬くふくらんだ秘核を唇で挟み、舌先でチロチロと転がせば、荒ぶる鼻息が陰嚢に吹きかかった。

「むふっ、ううう、ンぅ」

それでも麻紗美は舌を肉棹に絡みつかせ、蛇のごとくにゅるにゅると摩擦する。下腹にめり込みそうな陰嚢も指で悪戯され、頭の中で快美の火花がいく度もはじけた。

しかし、最終的に勝利したのは友昭のほうであった。

「むうううう、う――ぷはッ、あ、い、イッちゃうぅ」

ペニスを吐き出し、女教師が下肢をワナワナと震わせる。唾液に濡れた肉棒にしがみつき、絶頂の高みへと駆け上がった。

「イクイクイク――う、うはぁあああっ！」

腰を跳ねあげて達すると、脱力してぐったりとなる。あとは勃起からも手を離し、胸を大きく上下させるだけになった。

（間に合った……）

ホッとして身を剝がし、友昭はしどけなく横たわる半裸の女体を見おろした。目を閉じてオルガスムスの余韻にひたる面立ちは幼く、いたいけな少女に悪戯をしたかのような錯覚に陥る。

もちろん彼女は、れっきとした大人の女性であるのだが。

（でも、どうして上を脱がないんだろう？）

疑問を感じつつ、愛らしい顔を見つめていると、間もなく瞼が開いた。

「あ――」

友昭と目が合うなり、麻紗美が小さな声を洩らす。それから抱っこをねだる幼子みたいに、両手を前に差し出した。

「来て」

せがまれるまま身を重ね、くちづけを交わす。開かれた脚のあいだに腰を入れれば、自然と結ばれる体勢になった。

唇をはずすと、麻紗美が潤んだ眼差しで見つめてきた。

「いよいよだね」

告げられて、「うん」とうなずく。亀頭は温かな潤みに半分近くも嵌《は》まり込んでおり、あとは腰を深く入れるだけで結合が果たせるはずだ。

「いいよ。挿れて」

許可を与えられるなり、友昭は反射的に動いた。下半身を沈め、牡の漲りを彼女の中へと埋没させる。

「ああ、ああ、あああ……」

声を出さずにいられなかった。濡れ柔らかな穴が、欲望をずむずむと受け入れてくれる。それも、目のくらむ快さを伴って。

（なんて気持ちいいんだ――）

目の前の景色が現実感を失うほど、友昭は歓喜に翻弄されていた。

夏生に犯されたときにはあまりに突然で、セックスをした実感がなかなか湧かなかった。けれど、今は女膣に入りながら、とうとう結ばれたのだと理解できた。おかげで快感も大きかったのだろう。

そして、根元までしっかり繫《つな》がるなり、最高潮を迎える。

「あ、あああ、いく——」

ほんのわずかな忍耐も働かなかった。友昭はめくるめく悦びに巻かれ、多量の精をだくだくと放った。

3

（僕、来須先生とセックスしたんだ——）

気怠い心地よさに漂いながら、友昭は初体験の感慨を嚙みしめていた。すでに夏生と済ませていても、これが本当に初めてなのだと自らに言い聞かせる。

いや、きっとそうなのだと、素直に信じられた。

しかしながら、同時に情けなさにも苛まれる。挿入を遂げるなり、呆気なく爆発してしまったのだから。

（またすぐにイッちゃうなんて……）

ひょっとしたら、自分は早漏なのだろうか。劣等感にも苛まれたとき、背中を優しく撫でられる。

「おめでとう。これで友昭クンは男になったんだよ」

目の前に麻紗美の愛らしい笑顔がある。不意に熱いものが胸にこみ上げ、友昭は涙をこぼしそうになった。

「うん……でも、ごめんなさい」

「え、なにが？」

「すぐに出しちゃったから……」

「ああ」

彼女は少しも気にしていないふうにニッコリと白い歯をこぼし、ほっぺたにチュッとキスをしてくれた。

「初めてだったんだもの、仕方ないわ。それに、あたしの中がそれだけ気持ちよかったってことなんでしょ？」

悪戯っぽく目を細められ、また泣きそうになる。

「はい。すごく気持ちよかったんです。だから我慢できなくって」

「だったら、あたしもうれしいわ」

麻紗美が悩ましげに腰をくねらせる。そのとき、友昭は彼女に体重をあずけていたことに気がついた。

「あ、すみません。重くないですか?」

「ううん、平気よ」

背中に回した腕に、彼女が力を込める。もっと重みをかけてと誘うみたいに、しっかりと抱きしめてくれた。

「あのね、友昭クンのが中で暴れて、ドクドクッて精液を出したのも、ちゃんとわかったのよ。いっぱい出してくれたみたいだし、男の子から童貞をもらったのって初めてだったけど、いいもんだなって思ったわ」

耳たぶに囁《ささや》かれ、くすぐったくも悪くない気分だった。

「何だかクセになっちゃいそう。このぶんだと、生徒の童貞を片っ端から奪っちゃう、悪い先生になりそうだわ」

「え!?」

友昭が驚くと、彼女がクスッと笑う。

「冗談よ」

だが、こんなに可愛くて優しい先生から性の手ほどきをしてもらえるのは、生徒にとってもこの上なく幸福なことではないだろうか。

「友昭クンの、まだ大きなまんまだね」

麻紗美が悩ましげに言うなり、牡を包む媚肉がすぼまる。ペニスはいくらか硬度を失っていたものの、萎えることなく女窟に嵌まっていた。

「僕、来須先生と、もっとしたいから」

「ねえ、その先生っていうの、やめない？」

「え、どうしてですか？」

「こういうときに他人行儀じゃない。あたしと友昭クンはエッチまでしたんだよ。もっと親密に名前で呼んでくれてもいいと思うんだけど」

なるほど、そうかもしれないと納得しつつ、いきなり名前でというのは抵抗を禁じ得ない。それでも、ここは要望に応えるべきだろうと、友昭は思いきって呼んでみた。

「えと……麻紗美さん」

「さん？」

女教師が眉をひそめる。どうやら呼び捨てにされたかったらしい。しかし、彼女のほうが年上ということもあり、それはさすがに抵抗がある。

「ま、いいか」

つぶやいてうなずき、彼女がくちづけを求める。言い訳をせずとも、呼び捨ては無理かと察してくれたようだ。

舌を深く絡ませて唾液を交換するうちに、ペニスも力を漲らせる。心地よい締めつけを撥《は》ね返すようにふくらみ、雄々しい脈うちを示した。

それは麻紗美にもわかったようである。

「すごく硬くなったわね」

キスで濡れた唇を舐め、物欲しそうな顔を見せる。そのまま第二ラウンドに突入することに、友昭も異存はなかった。

が、その前に確かめたいことがある。

「麻紗美さんは、どうして上を脱がないんですか?」

問いかけに、彼女はきょとんとした顔を見せた。何のことかすぐに理解した様子であったものの、なぜだか落ち着かなく目を泳がせる。

「だ、だって……恥ずかしいじゃない」

どうやら本心らしく、頬を赤く染める。しかし、パンティはためらいもなく脱ぎ、性器や肛門まで堂々と見せておきながら、上半身は裸になることが恥ずかしいなんてあり得るだろうか。

友昭は納得できず、けれど脱ぐように無理強いするのではなく、違った方向から求めてみた。

「だけど、僕、麻紗美さんとちゃんと裸で抱きあいたいんです。麻紗美さんもそうするつもりで、僕を全部脱がしたんじゃないんですか？」

「う……それはそうだけど」

「だったらお願いします」

真剣に頼み込むと、麻紗美は観念したように息をついた。

「わかったわ……でも、絶対馬鹿にしないでよ」

「え？」

どういう意味かと訝る友昭の前で、彼女は仰向けのままジャケットとブラウスのボタンをはずした。それもためらいがちに。

現れたのは、フリルで飾られた愛らしいブラジャーだ。カップがかたち良く盛りあがっており、どうして見られたくないのかさっぱりわからない。

ただ、すでに女芯まで目にしているものの、裸の上半身はまったく見る機会がなかったものだから、妙にドキドキしてしまう。ミルクのように甘ったるい肌の匂いがたち昇ってくるのにも、悩ましさを覚えた。

「じ、じゃあ、取るわよ」

わざわざ宣言してから、麻紗美がブラのフロント部分を指で摘む。そこにホックがあり、パチンと小さな音がしてカップが左右に分かれた。

「え？」

あらわになった乳房に、友昭は思わず疑問の声を洩らしてしまった。

ブラジャーをしていたときにはちゃんとドーム型だったのに、ナマのその部分は、やけになだらかな盛りあがりだったのだ。仰向けになっていることを差し引いても、初めてブラジャーを着けた少女ぐらいしかない。

その謎解きを本人が口にする。悔しそうに眉根を寄せて。

「あたし、おっぱいが小さいのよ。だからパットの入ったブラで誤魔化してたの」

そうだったのかと理解して、友昭はつい「なるほど」とうなずいてしまった。

おかげで、彼女からギロリと睨まれる。

「あ、すみません」

「まあ、べつにいいけど……胸がぺたんこなのは事実なんだから」

パットで隠すということは、かなり気にしている証しでもある。ともあれ、麻紗美はすっかりヘソを曲げてしまったようだ。

「友昭クンだって、どうせおっぱいの大きな女の子が好きなんでしょ？」

そんなことまで勝手に決めつける始末。ただ、照れ隠しでむくれている部分もあったのではないか。

ふくらみはたしかに貧弱だったものの、淡いワイン色の乳首は普通に存在感を示している。もしかしたらそのアンバランスなところも、彼女のコンプレックスなのかもしれない。

「僕はおっぱいの大きさなんて気にしませんけど。そりゃ、大きいのはそれなりに魅力的かもしれませんが、僕は麻紗美さんの可愛いおっぱい、けっこう好きです」

本心を述べたのであるが、貧乳女教師には引っかかる表現があったらしい。

「な、何よ、可愛いって!?」

「あ――いえ、可愛いってのは、べつに大きさだけを言ってるんじゃなくって」

焦って弁解しようとしたものの、彼女を傷つけずに済みそうな適切な言葉が浮かんでこない。

（えぇい、仕方ない）

友昭は初めての正常位で、慣れないピストンを繰り出した。

「あ、あうっ——ちょ、ちょっと」

いきなり女芯を突かれて、麻紗美はかなり戸惑った様子であった。けれど、間もなく愉悦の反応を示しだす。

「あふッ、は、やぁん」

艶声をこぼし、表情を蕩けさせる。友昭の腰に両脚を巻きつけ、体軀《たいく》をビクビクと震わせた。

「僕、麻紗美さんはとても魅力的な女性だと思います。おっぱいの大きさなんて関係ないですよ。こんな素敵なひとが初体験の相手だなんて、みんなに自慢したいぐらいなんですから」

「あ、あ、友昭くぅん」

麻紗美が感極まったふうに、首っ玉にしがみつく。唇を求められ、友昭はすぐに応えた。

「むふッ——ンうう」

かぐわしい吐息がはずむ。それを胸いっぱいに吸い込みながら、舌を絡ませて甘い唾液も受けとめた。

裸の胸が重なり、互いのぬくみが行き交う。さっきまで以上の抱擁感にうっとりしながら、友昭はキスとセックスを同時に進行させた。

下から突きまくっただけの騎乗位とは異なり、正常位での交わりは、腰の振り加減がうまくつかめなかった。あまり腰を引いたらペニスが抜けそうに感じられ、短いストロークでの気ぜわしい抽送になってしまう。

それでも、試行錯誤するうちにどうやらコツが摑めてくる。麻紗美がそれとなくリードしてくれたおかげもあったのだろう。息が続かなくなって唇をほどくと、彼女は胸を反らして悦びに喘いだ。

「あああ、気持ちいい、う——も、もっとぉ」

淫らなおねだりにも励まされ、一定のリズムをキープしてのピストン運動を続ける。そうすればいいという知識があったからではなく、無闇に突きまくるよりは、そのほうが感じるのではないかと思ったからだ。

事実、麻紗美は順調に高まってくれているようだ。

「いいの、いい……はうう、硬いオチンチン好きぃ」

はしたないことを口走り、女窟をキツくすぼませる。それによって友昭も快さにひたったものの、放出した直後だから急速に昇りつめる心配はなかった。

逆流したザーメンと愛液が混ざり合い、ペニスの出し挿れによってグチュグチュと泡立つ。交わる性器の脇から押し出されたぶんが陰嚢にも飛び散り、温かく濡れるのがわかった。

そのとき、友昭が年上の女の乳首を摘んだのは、何か意図があったわけではない。ただそこに突起があったからと、その程度のことであった。

しかし、麻紗美が「きゃううぅッ！」と鋭い嬌声をあげたものだから、何が起こったのかと慌てる。

「あ、すみません。痛かったですか？」

指の力が強すぎたのかと思ったのである。けれど、彼女は呼吸を乱しながら、

「ち、違うわ」と答えた。

（じゃあ、気持ちよかったってことなのか？）

今度は二本の指で軽く挟み、くにくにと転がす。すると、ほぼ全裸の女体がいやらしくくねりだした。

「あ、あ、あ、それいいッ！」

どうやら乳首も性感ポイントのようだ。それも、クリトリスに匹敵するぐらいの。

（おっぱいが小さいぶん、感覚点が詰まっているんだろうか）

だから感じるのかなと思ったものの、そんなことを本人に確認できるはずもない。ひたすらペニスを出し挿れしながら、硬くなった尖りを愛撫する。

そうして気づいたのは、乳頭への刺激が膣の締まりと連動していることであった。

単純に感じることで肉体が痙攣し、その反応が下半身にも及んでいるだけかもしれない。しかし、おっぱいの頂上をいじられると、女窟がキュッキュッとすぼまるのだ。それも、入り口と奥まったところの二カ所が交互に。

ピストンをすると、ちょうどくびれ部分が奥で締めつけられ、肉胴が入り口でこすられる。快感がいっそう高まり、友昭は調子に乗って乳首を嬲《なぶ》り続けた。

当然ながら、麻紗美のほうも感じまくる。

「きゃふ、は——あああ、気持ちいいのぉッ！」

あられもなくよがり、身をくねらせる。袖を通したままのジャケットとブラウスが背中の下でクシャクシャになるのも、まったく意に介していないようだ。

（この部屋を選んで正解だったな）

これが前と同じ理科室だったら、下の階にまで淫らな嬌声が轟《とどろ》いているところだろう。完全防音だから、気がねなく交われるのである。

「あああ、い、イッちゃうかもぉ」

いよいよ終末が迫ってきたらしく、麻紗美がオルガスムスを予言する。リズミカルな抽送に徹すると、予言が予告となった。

「あ、イク、ホントにイッちゃうぅ」

色めいた反応と締めつけに煽られ、友昭もめくるめく瞬間を迎えようとしていた。それでも彼女を絶頂させるほうが先だと、歯を食い縛って腰を振り続ける。

「いいい――イクイク、う、くうううぅぅーッ！」

アクメ声がほとばしり、麻紗美が大きくのけ反る。女体がヒクヒクと痙攣したところで、友昭も忍耐の手綱を緩めた。

「あああ、あ、僕もいきます」

挿入したまま二度目の射精にもかかわらず、かなりの量の牡液がペニスの中心を駆け抜ける。魂まで抜けそうな悦楽を伴って。

「うあ、あ、出るぅ」

あまりの気持ちよさに、腰の裏が痺れる。濃厚な滾《たぎ》りをびゅるびゅると放てば、それを子宮口に浴びた麻紗美が悩乱の声を発した。

「あふ、あ、熱いーッ。おお、おまんこ溶けちゃふぅ」

年下の男をしっかり抱きしめ、両脚も腰も絡みつかせると、汗ばんだボディをわななかせる。

(これが本当のセックスなんだ……)

心地よい倦怠が肉体を徐々に蝕《むしば》んでいく中、友昭はかつてない幸福感にもひたっていた。

4

午後のあいだじゅう、友昭はどうかするとニヤニヤ笑いがこみ上げそうになるのを、懸命に堪えた。そんなところを誰かに見られたら、頭がおかしくなったと思われるに決まっているからだ。

(僕、来須先生——麻紗美さんとセックスしたんだ)

二度目の初体験は、突発的な一度目よりも感激が大きく、男になったのだと強く実感できた。夏生としたあとにも喜びを感じなかったわけではないが、今のほうがずっと嬉しい。

麻紗美は、午後はずっと授業であった。貴重な空き時間を自分のために割いてくれたことに感謝しながらも、ほとんど顔が見られなかったのは残念でならなかった。おまけに、授業が終わると市内の理科教師の研修会があるとかで、早々に学校を出てしまったのだ。

まあ、仮に放課後も一緒にいられたとして、またセックスができるわけではない。初体験をして男になるという目的は遂げられたのであり、彼女もこれで親密な関係は終わりだと考えているのかもしれなかった。

（……そうだよな。麻紗美さんはけっこうさばさばしているし、これからは今までどおりってことになるんじゃないかな）

だとすれば、多くを求めるのは彼女にとって負担でしかない。ここはセックスの機会を与えてくれたことに感謝して、元通り気の置けない同僚の関係に戻るべきだ。

そう自らに言い聞かせたものの、濃密でいささかケモノじみた交わりを思い返すと、あれで最後と簡単には割り切れそうもなかった。何しろ、終わったあともか。

しばらく腰がフラついていたぐらいに、気持ちよかったのだから。

おかげで雑念も湧き放題で、午後はさっぱり仕事にならなかった。いちおう真面目にデスクに向かってはいたものの、普段の半分も進められなかったのではないか。

結局、昨日に引き続いての残業となった。

それでも、少しでも早く終わらせるべく、ようやく働くようになってきた頭と手をフル稼働させる。どうやら切り上げる目処《めど》がついたところで、部活動終了の放送が流れた。

廊下から生徒たちの声や足音が響いてくる中、もう少しだと集中していると、

「友クン――」

不意に懐かしい呼び声が聞こえ、混乱する。

「え？」

時を遡《さかのぼ》ったような錯覚に包まれて顔をあげると、すぐそばに佇み、こちらを見おろす女性がいた。それも昔ではなく、今の姿で。

（ゆ、由貴姉ちゃん!?）

友昭は言葉を失うほど驚愕した。

由貴子から呼びかけられるのは初めてではない。いくら気まずいことがあったとはいえ、仕事は仕事だから、必要なときにはちゃんと会話をしていた。

しかし、そのときは常に『宮下さん』と呼ばれていたし、友昭も『宮下先生』と呼んでいた。『友クン』なんて昔の呼び方は、決して耳にすることがなかったのである。そのあたり、ふたりとも公私のけじめははっきりしていたはずだ。

(ひょっとして、聞き間違いだったのかな?)

そうとしか思えない。仕事に集中していたから、いつものように呼ばれたのを、声だけで違った言葉に解釈してしまったのではないか。

だが、固まってしまった友昭に、由貴子ははっきりこう言ったのである。

「あのね、友クンに聞いてもらいたいことがあるんだけど……」

呼び方は昔と同じでも、優しい笑顔ではない。いくぶん深刻そうな面持ちだ。それでも声音は普段の他人行儀なものとは違い、親愛の感じられるものであった。

「う、うん。なに?」

友昭は今にも席を立たんばかりの勢いで訊き返した。

気持ちは六年前の、あんなことがあった以前の自分に戻っている。大好きな従姉と、昔のように仲良くなれるのではないかという思いが、彼の目を少年のように輝かせた。

しかし、それは刹那に垣間見られた幻だったのかもしれない。

「宮下さん、ちょっといいかしら?」

廊下のほうから声をかけられ、少年から二十歳の事務員に戻る。振り返ると、夏生が戸口から顔を覗かせていた。

「あら、宮下先生も何か用事なの?」

先輩教師に訊ねられ、由貴子はかなり焦ったようだ。同じ職場で働く同僚としてではなく、従弟の友昭に話しかけていたせいだろう。

「あ——い、いえ。もう終わりましたから」

取り繕って述べ、友昭に向き直る。

「それじゃ、宮下さん、その件はよろしくお願いしますね」

丁寧にお辞儀をして引き下がった。

「あ、はい——」

いちおう返事をしたものの、彼の頭の中はモヤモヤしたものでいっぱいだった。

(その件って、どの件だよ……)

もちろん、何か意味のある言葉ではなく、ただのその場しのぎなのだ。しかし、何か話そうとしていたのは間違いないから、それを聞けなかったことに苛立ちが募る。

（もしかしたら、あのことはもう気にしていないって言いたかったのかも）

だとすれば、ふたりの仲が元通りになるチャンスだったのだ。校内で親しく呼びかけてくれたのだって、昔のようになろうという意思表示ではあるまいか。

今ならまだ間に合うかもと、友昭は由貴子の背中に呼びかけようとした。ところがそれより先に、職員室に入ってきた教頭が彼女に声をかける。

「宮下先生、校長がお呼びですよ」

「あ、はい」

従姉は早足で職員室を出ていった。

（くそ。何だってこんなときに――）

憤りは校長と、ふたりの会話を邪魔した女教師に向けられる。しかし、しかめっ面で振り返っても、夏生はふたりのあいだに割って入ったことを、少しも気にしていない様子だ。

「ねえ、ちょっと来てくれない？」

まったく悪びれない笑顔で手招きする。

(相変わらず自分本位なひとだな)

仮にデリカシーのなさを抗議したところで、きょとんとするだけだろう。由貴子とのことを打ち明けるわけにもいかないから、友昭は渋々席を立った。

「なんですか?」

不機嫌を隠さず問いかけても、夏生は平然としたものだった。

「ちょっと体育館まで来てもらいたいのよ。備品の購入のことで、宮下さんに確認したいことがあるから」

またそんな口実でと、友昭は鼻白んだ。

(もしかして、また難クセをつけるつもりなんじゃないだろうな?)

だが、今日はちゃんと「宮下さん」と呼んでいる。叱るつもりではないらしい。

(だとすると、昨日のことを謝りたいのだとか)

思い当たることはそのぐらいだが、とにかくさっさと済ませてもらおうと、友昭は素直に従った。

「わかりました。あ、データだけ保存させてください」

「いいわよ」

友昭はデスクに戻ってパソコンを操作すると、夏生の後ろについて体育館へ向かった。

すると、前方から女子生徒の二人組がやって来る。ひとりは、昨日下着がなくなったと訴えていた子だ。

「あなたたちで最後？」

「はい。戸締まりも確認しました」

「ご苦労さま。気をつけて帰りなさい」

「はい。さようなら」

「さようなら」

友昭も夏生に続いて「さようなら」と声をかけた。くだんの女子生徒は、自分の間違いがとんでもない事態を引き起こしたとは夢にも思わないのだろう。明るい笑顔で挨拶を返してくれた。

（佐藤先生も、生徒の前ではいかにも立派な先生って感じなんだよな）

半ばムキになって友昭に罪を着せようとしていたのが、今となっては信じられない。おまけに、あんなに乱れてイキまくっていたことも。

人妻体育教師の痴態を思い浮かべてしまったのは、ぷりぷりとはずむ豊満なヒップを無意識に見ていたからだろうか。昨日も窃視していたことを気づかれ、折檻の口実を与えてしまったことも忘れて。

今日のジャージは上着の丈が長めで、ボトムがぴったりと張りつく尻の丸みが、半分ほどしか見えていない。それがちょっと残念だったものの、パンティラインが見当たらないことにふと気がつく。

(え、ノーパン!?)

まさかとうろたえたところで、体育館に着く。フロアには昨日と同じく、部活動の名残が馥郁《ふくいく》と漂っていた。

夏生が向かった先は、用具室ではなかった。生徒用の更衣室、それも女子のほうのドアを開けたものだから、ますます狼狽する。しかも、

「ほら、入って」

と、友昭を招いたのだ。

(何をするつもりなんだ!?)

すでに生徒たちは帰っているから、入ってもまずいことはないのだが。まさか昨日のお詫びに、生徒の忘れ物の下着でも探して与えようというのか。

いや、今度は女子更衣室に侵入したという濡れ衣を着せ、仕返しをするつもりかもしれない。

（そんな手にのるものか）

警戒しながらも、夏生に「早くして」と急かされ、友昭は女子更衣室に足を踏み入れた。

十畳ほどのそこは、三方の壁面に簡素な箱棚が造り付けてある。生徒は私物を置いて帰ることができない決まりだから、すべて空っぽだ。

ひとつしかない窓はワイヤー入りの磨りガラスで、いかにも他から隔離された空間である。リノリウムの床の真ん中に置かれた、木製の長椅子もどこか素っ気ない。部外者以外は入ってはならないと、室内の雰囲気そのものが訴えているかのようだ。

だが、いけないことをしている気分にさせられるのは、そういう見た目のことばかりが原因ではない。何より友昭を落ち着かなくさせていたのは、さほど広くない空間を埋め尽くしている、女子生徒たちの残り香であった。

何しろ、部活動で汗をかいた何十人もの少女たちが、この場所で肌をあらわにして着替えた直後なのである。いや、ここではもうずっと同じことが行なわれ続けてきたのであり、かべやそこらに染みついたぶんもあるのではないか。

それは汗の甘酸っぱい香りであり、思春期の肌が漂わせる乳くささであり、その他湿ったシューズやソックスの生々しい匂いも混じっているのだろう。女子中学生たちの大人になりきれていない体臭は、欲望を持て余した少年時代の記憶を呼び覚ますぶん、牡を悩ましくさせる。

（ああ、これは——）

友昭も過去を掘り返され、甘美にどっぷりとひたった。脳裏には、由貴子のパンティの残り香がありありと蘇る。現在嗅いでいるものと、まったく同じものではないはずなのに、何らかの成分によって思い起こさせられたらしい。

そうなれば、肉体の一部が変化することは避けられない。

「やっぱりね」

夏生の思わせぶりな声がして、友昭は我に返った。女体育教師が腕組みして、こちらをじっと見つめている。

「な、なんですか？」

どぎまぎしつつ質問すると、彼女はクスッと白い歯をこぼした。

「あなた、わたしのおしりやアソコをうれしがって嗅いでたから、匂いフェチなんじゃないのかって思ったのよ。やっぱり図星だったみたいね。生徒たちの汗くさい匂いにもうっとりしてたし」

つまり、成長期の少女たちの匂いにどう反応するか確かめるために、こんなところに連れてきたというのか。ただ、胸を揺さぶるかぐわしさも、同性にはただの汗くささとしか捉えられないようであるが。

ともあれ、そんなことのために由貴子と元に戻れるチャンスを潰されたのかと思うと、また腹が立ってくる。

「……べつに用事がないのなら、僕は職員室に戻りますけど」

ムッとして告げると、夏生はさすがに慌てたようだ。

「あん。そんなに怖い顔しないでよ」

なだめるように愛想のよい態度をとり、怒りを和らげようとする。だが、それも友昭の苛立ちを誘発しただけであった。

そうやって三十路前の人妻教師に不信感を募らせていると、彼女が一転恥ずかしそうに身をくねらせる。

「あの……きのうはごめんね」

「え?」

「下着泥棒だって疑っちゃったこと」

「ああ。いえ、もう済んだことですから」

「そう言ってもらえるとうれしいんだけど。あとね、お礼も言わなくちゃと思って」

「お礼って?」

何か感謝されるようなことをしただろうかと首をかしげると、夏生が上目づかいでこちらを見つめてくる。頬を染めた恥じらいの表情に、普段そんな顔をしないひとだから、無性にドキドキした。

「ほら、いっぱい気持ちよくしてくれたから……」

おまけに、艶っぽい声音でそんなことまで言われたのだ。ひょっとしたら今日もと、いけない期待がこみ上げてくる。

周囲に漂う少女たちの思春期フェロモンも、劣情の高まりを後押ししていた。簡単にその気にさせられたのは、さっきからそれを嗅いでいたせいだ。

(そうか。ここに連れてきたのは、昂奮させるためだったんだな)

罠だったのだと気がついても、今さら遅い。友昭は完全に堕ちていた。昼間、二回も射精したというのに、股間ではふくらみきった分身が、ズボンの前を痛いほど突っ張らせている。

そして、罠はもうひとつ用意されていた。

「ねえ、ここに来るまでのあいだ、またわたしのおしりを見てたでしょ？」

見抜かれていたのだとわかっても、昨日もそうだったから驚きはない。双丘がやけに大きくはずんでいた気もするから、わざと見せつけていたのだろう。

「ええ、まあ……」

「気がつかなかった？」

「な、何をですか？」

「下着のラインがなかったはずなんだけど」

挑発的な眼差しに、そうすると本当にノーパンだったのかと、昂ぶりがふくれあがる。おそらく物欲しげに彼女を見つめていたのではないだろうか。

夏生は目を淫蕩に細めると、くるりと回れ右をした。焦らすように、ジャージのボトムを豊かなヒップからゆっくりと剝きおろす。

ゴクリ――。

喉が下品な音をたてたのを、彼女にも聞かれたのではないだろうか。徐々に下降するボトムの下から現れたのは、果たして剝き卵のように艶めく美肌であった。

（やっぱり穿いてない――）

だが、それは早合点であった。

もっちりした双丘が全貌を晒し、真後ろに突き出される。そうすると、深い谷の狭間に白いフリルが見えた。Tバックの下着を穿いていたのだ。

しかしながら、それがノーパンにも匹敵するエロチックな眺めであることは間違いない。

友昭が瞬きも忘れて凝視する前で、ジャージのボトムが足首まで落とされ、上着もたくしあげられる。あらわになった下半身は鍛えられているものの、女らしいなめらかな曲線や、むっちりした肉づきは損なわれていない。いや、むしろ磨きあげられていると言ってもいいだろう。

「ほら、あなたの好きなおしり」

からかうように言われ、豊臀をぷりぷりと振られても、友昭は惚けたように見とれるばかりだった。

(ああ、素敵だ……)

気づかないうちに、足が少しずつ前に出る。振り返ってそれを認めた夏生は、してやったりという得意げな微笑を浮かべた。

「ね、またクンクンしてもいいのよ」

それは悪魔の誘いであった。

（何をやってるんだよ、僕は――）

一瞬だけ自らを戒める言葉が浮かんだものの、すぐに消え去る。代わって欲望の奔流が押し寄せ、友昭はフラフラと前に進んだ。

ふっくらして美味しそうなモチ尻の前で膝をつけば、女子中学生たちの未成熟なフェロモンとは異なる、なまめかしい媚香がプンと漂う。

「そんな近くで……エッチねえ」

匂いを嗅いでもいいと誘っておきながら、矛盾した言葉でなじる。相変わらず身勝手だなと思いつつ、友昭はたわわな尻肉を鷲掴みにすると、左右に分けて尻ミゾの底をあらわにした。

「やぁん」

言葉ほどには嫌がっていない、むしろ歓迎するような艶声が聞こえたときには、Tバックの細みが全貌を晒されていた。

愛らしいフリルで両サイドを飾られたそれは、普段穿くようなものではなく、ベッドで男をその気にさせるためのランジェリーではないのか。ぷっくりした陰部も半分近くはみ出しており、きちんと手入れをされているからいいようなものの、何もしなかったら秘毛がはみ出しまくりだろう。

あるいはこのときのために、放課後になって穿き替えたのかとも思ったのだが、そうではなさそうだ。なぜなら、恥裂を淫らに浮かびあがらせるクロッチは全体がじっとりと湿り、中心には一度乾いたらしき愛液のシミがあったのである。

おまけに、蒸れた秘臭がむわむわと色濃く匂う。いささかケモノっぽいそれは、生理が近いからと謝った麻紗美のものよりも、ずっと強烈であった。

けれどそれゆえに、友昭は激しく昂奮させられた。

おそらく、体育や部活動の指導で動き回り、汗をかいたせいもあるのだろう。そのときにはクロッチも女陰に深く喰い込み、刺激されて濡らしてしまったのではないか。

生徒たちの前で密かにヒップをもじつかせ、秘部を濡らしていた女教師。男子の中には下着のラインが浮かんでないことに気づき、ノーパンだと誤解してペニスをふくらませた者もいたに違いない。彼女はただでさえ色っぽいからだつきなのであり、オナニーを覚えたての少年たちにはたまらない存在であろう。

(まったく、なんて破廉恥な先生なんだ)

妄想と股間をふくらませ、友昭は尻の谷に鼻面を埋め込んだ。途端に濃密な恥臭が鼻奥をガツンと刺激し、頭がクラクラする。

「ああん、く、くさくないの？」

自分から嗅がせておきながら、夏生が恥ずかしそうにヒップをくねらせる。今さら遅いと思いつつ、鼻を大袈裟に鳴らすと、

「やん。ば、馬鹿ぁ」

尻の谷が慌ただしくすぼまった。

昨日指摘されて懲りたのか、フリルの脇からちょっぴりシワを覗かせるアヌス付近に、生々しい匂いは付着していなかった。だから尻を差し出したのかもしれないが、そのぶん秘部のところは蒸れた発情臭が凄まじい。

（だったら、もっと感じさせてやろう）

友昭は尻ミゾに嵌まったTバックの細身をつまみ出し、何度も引っ張ってクロッチを陰部にこすりつけた。

「あ、あ、あ、いやぁ」

夏生が喘ぎ、切なげに身悶える。もっちりしたお肉がぷりぷりとはずんだ。あるいは、すでに恥裂内に愛液が溜まっていたのではないか。染み出したものが二重になった布をさらに濡らし、肉色が透けるまでになったのである。

（ああ、いやらしい）

ヨーグルトに似た発酵臭が強まり、悩ましさが胸を締めつける。細くなったクロッチが恥裂に嵌まり、端っこの赤らんだ花びらが脇からはみ出した。アヌスもこすられ、放射状のシワが忙しくすぼまる。

「あふッ、は、あああ、そ、そんなことしないでぇ」

口では拒みながらも、艶尻はもっとしてとねだるようにくねっていた。

さすがに前屈みのまま立ち続けるのは困難だったか、夏生がよろけるように足を進める。そばの長椅子に両手をつき、どうやら姿勢は維持したものの、いっそう高く尻を掲げることになった。

それをいいことに、友昭はさらにTバックを陰部へ喰い込ませた。前の部分も摘んで、前後に往復させる。

シュッ、ニチュッ……。

こすれる細布と恥ミゾが、わずかに粘っこい音をたてる。はみ出した花弁が濡れたクロッチを挟み込み、いっそう卑猥な光景となった。

「ああ、あんッ、そこ——ううう、き、気持ちいいッ」

とうとう夏生は悦びを正直に訴え、息を荒ぶらせてよがりだした。

ジャージ姿で下半身をあらわにした、女体育教師。女子生徒たちのかぐわしい残り香に満ちた更衣室で、それを打ち消すほどの淫靡な薫味を振り撒いている。

彼女もいけないことをしている自覚があるのではないか。神聖な校舎内ではしたない姿を晒し、けれどそれが背徳的な喜悦を生み出しているようである。

「あうう、こ、こんなの……あああ、駄目なのにぃ」

しかし、女体は高まる快感に抗えない様子。友昭がTバックをこすりつけるのに合わせて、たわわな尻を上下に振り立てた。それにより摩擦力が増大する。

「あ、あ、すごい。くううう、あ、熱いのぉ」

実際、それが燃えやすいもの同士であったら、火が点いていてもおかしくない。まあ、彼女の肉体は、とっくに燃えあがっていたのであるが。

そして、熱く火照った陰部がいっそうなまめかしい淫臭を漂わせだす。ヨーグルトからチーズへ、さらに熱してドロドロに溶けたチーズへと変化した。

（ああ、たまらない）

濃厚な発情臭にうっとりと鼻を蠢かせながら、ほぼ紐状態になった下着で女芯をこすり続ける。友昭も昂奮の極みにあり、股間の高まりは頂上をカウパー腺液でじっとりと濡らしていた。

「あ、イク、あ、イクのぉ」

豊臀がたぷんたぷんと跳ね躍ったあと、尻ミゾがキツくすぼまる。双丘も強ばって、丸みに筋肉の浅いくぼみをこしらえた。

「あふっ、は、はうう、う——くはぁ」

セックスで昇りつめたときほどではなかったが、アクメを迎えた裸の下半身が、ビクッ、ピクンと痙攣する。間もなく脱力して床に崩れ落ちた夏生は、長椅子にからだをあずけて艶色の呼吸をはずませた。

第四章　誘惑のTバック

1

（イッたんだ……）

ぐったりして脚を横に流した女教師の後ろ姿を、友昭はぼんやりと見つめた。

たった今、自分が絶頂に導いたはずなのに、その実感がほとんどない。ずっと言葉を発することなく責め続けていたから、自分が自分でなかったみたいな感覚もあった。

要は、それだけ夢中だったということだ。

床にぺたりとついたヒップが、やけに重たげに映る。昨日はあれを顔に乗せられたのだが、やはりセーフティマットの上だったから可能だったのだ。そうでなければ頭が潰れていたに違いない。何しろ彼女は、容赦なく重みをかけていたのだから。

ようやく呼吸を整えた夏生が、ゆっくりと振り返る。汗ばんだ額に前髪が張りつき、目もトロンとしていた。

そこに溌剌とした体育教師の面影はまったくない。欲望に溺れるひとりの女がいた。

「いやらしい子ね……」

かたちのよい唇が、わずかに動いてたしなめる。子ども扱いされても、実際に十歳近く離れているのだから、べつに腹は立たない。むしろ、自分よりずっと大人の彼女を翻弄したことが不思議に思えた。

「また宮下クンにイカされちゃった。しかも、すっごく変態じみたやり方で。まさか下着を使って気持ちよくされるとは思わなかったわ」

Tバックのおしりを自ら晒した夏生のほうが、ずっと変態じみているのではないか。思ったものの口には出さず、友昭は彼女をじっと見つめた。

（なんだろう……今の僕、ちょっとおかしいかも）

頭の中に霞がかかっている。自分が何者なのかも、ここがどこなのかも、もちろん目の前の女性が誰なのかもちゃんとわかっているのに、現実感だけがなかった。

ここに入ったときから嗅ぎ続けている女体臭のせいで、神経の一部がマヒしてしまったのだろうか。今も周囲にゆらゆらと漂う甘ったるい匂いを嗅ぐだけで、わずかに残った理性も脱ぎ捨てたくなる。

「ここに坐って」

夏生に促され、友昭は長椅子に腰かけた。彼女がズボンに手をかける前から、何をしようとしているのかわかった。

ブリーフごと下半身を脱がされれば、硬くそそり立った分身が現れる。肉色を際だたせ、頭部を赤く晴らした姿を目にするなり、女教師の瞳が淫蕩に輝いた。

「素敵……」

しなやかな指が筋張った肉胴に回る。包皮を軽く上下にスライドされただけで、腰を震わせずにいられない悦びが生じた。

「あうう」

思わず呻くなり、頭の中の霞が晴れる。何も口に出さず、すべての感情を内に溜め込んでいたものだから、自らを解放するすべを見失っていたらしい。声を発したことで、ようやく自分らしさを取り戻せた気がした。

「すごく硬いわ。やっぱり若いのね」

巻きついた指がリズミカルに動く。握りが徐々に強められ、快感も高まった。

「あ、ああ——佐藤先生」

堪えきれずに呼びかけると、彼女が白い歯をこぼして見あげてきた。

「気持ちいいのね、宮下クン」

夏生が「君」付けで呼ぶのは、怒っている証拠であった。けれど、今はそれとは異なり、親愛の情を示したものであるとわかる。こんなところに連れてきて、昨日の仕返しでもするつもりなのかと勘繰ったが、そうではないらしい。

「こんなに硬いペニスだと、舐めたくなっちゃうわ。ね、してもいい？」

艶っぽい眼差しでおねだりをされ、友昭は「は、はい」とうなずいた。先走りがトロトロと溢れ、彼自身もフェラチオをされたくてたまらなくなっていた。

「ありがと」

彼女はなぜだか礼を述べ、顔を伏せた。鈴口にチュッとキスをしてから、舌でチロチロと舐めくすぐる。

「う——ああ」

むず痒い気持ちよさに膝をわななかせると、開いた唇が肉根を徐々に受け入れてくれた。そして、半ばまでが温かな潤みにひたったところで、チュウと強く吸われる。

「くはッ」

体内のすべてが吸い出されそうな錯覚をおぼえ、友昭はのけ反った。一気にマックスまで駆け上がりそうになったものの、歯を食いしばってどうにか堪える。だが、欲望の先汁は、粘っこいものがじゅわりと溢れたようだ。

夏生のフェラチオは、麻紗美とは異なっていた。若い女教師が舌をねっとりと絡みつかせたのに対して、三十路前の体育教師は舌を忙しくペロペロと動かし続ける。それで敏感なくびれを刺激し、くすぐったさの強い快感を与えてくれた。

(からだだけじゃなくて、フェラチオのやり方も違うんだな)

どちらがいいというものではない。どちらも気持ちいい。まして、この三日ほどで初めて女性と親密な関係を持った青年にとっては、どんな愛撫も新鮮で、快いに決まっていた。

ただ、麻紗美のほうが慣れているというか、熟練した印象がある。それだけの経験を積んできたのだろう。考えてみれば、性器の佇まいも彼女のほうが大人びていた。

もっとも、おっぱいとおしりのボリュームは、夏生のほうがずっと上だ。麻紗美は陰嚢も撫でてくれたが、夏生は肉棹のみである。そのあたりにも、年齢では計れない経験の差があるようだ。

（佐藤先生って、やっぱり旦那さんしか知らないのかも）

しかし、単純に人数だけのことを言えば、麻紗美だって大学時代の恋人としか経験がないのではないか。ただ、彼女は好奇心旺盛だから、あれこれ試して知識や技巧を身につけたであろうと推察できる。秘毛を剃ったのだって、今日が初めてではなかったかもしれない。

　そんなことをつらつらと考えていたものだから、友昭は昇りつめずに済んだ。夏生のほうも射精させるつもりはなかったらしく、口をはずすと唾液に濡れた若茎を満足げに見つめた。

「ウチのダンナも、このぐらい元気になってくれればいいんだけどね」

　どうやら夫とはセックスレスのようである。いつ結婚したのかなど、そこまでプライベートなことは聞いていないからわからないが、まだ三十前で抱いてもらえないのでは気の毒だ。そのぐらいは若造の友昭にも理解できる。

「旦那さんと、そんなにしてないんですか？」

「まあ、年だからしょうがないんだけど。わたしより十歳も上だから」

そうすると三十九か四十歳というところか。まだ衰える年齢ではないだろう。

「もともとアッチは淡白なひとだったし、わたしも仕事が忙しかったから、そうしょっちゅうしてたわけじゃないんだけど……でも、気がついたらすっかりご無沙汰で、子供が早く欲しいからできるだけ求めるようにしてるのよ。だけど、なかなかその気になってくれなくてね」

夏生は手にした肉根をキュッと握り、羨《うらや》ましそうな目をした。

「わたしがいくらおしゃぶりしてあげても、ダンナのはこんなに硬くならないもの。挿れても、途中で駄目になることが多いし」

夫婦生活の露骨な話題は、友昭の年齢では身につまされるというより、生々しいエロティシズムを感じずにいられなかった。おかげでペニスが力を漲らせ、ビクンビクンと脈打つ。

「あん、すごい」

暴れる肉棒を逃すまいと、彼女が両手で包み込むように握る。それもうっとりする快さを与えてくれた。

「ほんとに元気なペニスね。だからわたしも、昨日はいっぱいイカされちゃったんだわ。こんなに硬いので突きまくられたのって、たぶん初めてだもの」

「じゃあ、今はずっとしてないんですか？」

「月に一回あればいいほうね。だからわたし、満たされないぶんは運動で発散してるのよ。それこそ、モヤモヤは部活で解消しなさいって、男子に指導するみたいにね。まったく、体育教師でよかったって、心から思うわ」

自虐的な告白に、友昭は何とかしてあげたいと思った。昨日あんなことをしたのも、欲求不満のせいなのだ。

「だけど、佐藤先生は魅力的だし、いろいろとやってみれば、旦那さんもきっと元気になりますよ」

「そうかしら？」

夏生はすっかり諦めているのか、気乗りしないふうに肩をすぼめた。

「その下着だって、すごくセクシーですよ。旦那さんの前で穿かないんですか？」

「これ？　ああ、そんなの絶対に無理よ」

「どうしてですか?」

「だって、ウチのダンナは堅物だし、こんなのは好きじゃないと思うわ。それに、これは若いときに興味本位で買ったヤツで、べつにダンナに見せるためのものじゃないもの」

「えー、もったいないですよ」

「もったいないって……だいたい、わたしだってこんなの穿いたところを、ダンナに見られたくないわ。恥ずかしいじゃない」

「いや、僕には見せたじゃないですか」

「宮下クンは特別だもの。特別っていうか、くさいおしりまで嗅がれて、何度もイカされちゃったじゃない。もう何をしても恥ずかしいって気がしないのよ」

そればかりが理由なのではなく、年下だから自由に振る舞える部分もあるのだろう。だが、どんなに堅物な夫でも、あの魅惑的なヒップで顔面騎乗をされたら、一発で元気ビンビンになる気がするのだが。

「僕がこんなになってるのは、佐藤先生の魅力的なところを見せられたからです。昨日、おしりで顔に乗られたのだって、すごくよかったんですよ。僕が元気になってたの、佐藤先生だってわかりましたよね?」

「そりゃ……だけど、それは宮下クンがおしり好きで匂いフェチだから」

「僕はもともとそんな趣味があったわけじゃありません。佐藤先生のおしりと、アソコの匂いが素敵だったから、目覚めさせられたんです。だって――」

言おうか言うまいか迷ったものの、思いきって真実を告げる。

「僕、昨日まで女のひととセックスしたことがなかったんです。佐藤先生が、僕の童貞を奪ったんですよ」

「え、そうだったの!?」

夏生が心から驚いたという顔を見せる。やはり初めてだったとは思ってなかったらしい。

「童貞なのに、尻フェチとか匂いフェチとかあるわけないじゃないですか。今では大好きになりましたけど、それは佐藤先生のせいっていうか、おかげなんです」

「はあ……」

放心したように息をついた女教師が、気まずげに目を逸らす。

「あ、あの、本当にごめんね。わたし、少しも知らなかったから」

初めてを奪ったことを謝っているのだと、友昭はすぐに理解した。だが、女性が純潔を穢《けが》されるのとは違うのである。麻紗美が初体験の相手でなくなったことをちょっぴり恨んだりもしたが、今となってはどうでもよくなった。

「僕は全然気にしてませんから。むしろ、佐藤先生の旦那さんとのことが気になります」

「ん……ごめんね、心配させちゃって」

「とにかく、佐藤先生はどこもかしこも魅力がいっぱいなんですから、もっと旦那さんにアピールしたほうがいいですよ」

「それって、顔におしりで乗ってあげるってこと？」

「う――いきなりそれはハードルが高いかもしれませんけど。でも、Tバックを穿いてみせれば、そうされたいって思うんじゃないでしょうか」

「じゃあ、宮下クンもさっき、顔に乗ってもらいたいって思ったの？」

「はい！」

即座に返事をしたことで、夏生も信じる気になったようだ。ただ、どんな手順で夫をその気にさせようかと、迷っているふう。

「さすがに、いきなりおしりはちょっと……」

ブツブツつぶやいてから、何か思い出したのかパッと顔をあげる。

「あ、そうだ。やってみたかったことがあったんだわ」

「え、何ですか？」

「試しにやってみるから、宮下クン、協力してもらえる？」

「え、ええ。かまいませんけど……」

「それじゃ——」

夏生がジャージの前を開く。下に着けていたのは、ハーフサイズのタンクトップ型の下着だった。大きな乳房をすっぽりと包み込んでおり、運動用なのか、素材も見るからに柔らかそうだ。

そして、それも無造作にたくし上げられる。

ぶるん——。

ふたつの球体がまろび出て、友昭は思わず息を呑んだ。

ジャージの上からも巨乳であることはわかっていたが、ナマの乳房は予想を軽く超える迫力だった。小玉スイカをふたつくっつけたみたいで、三十路前でも張りを失っておらず、綺麗な丸みを維持している。

乳暈が小さめなのは、土台の大きさと比較するからだろうか。肌の色に紛れそうに初々しい色合いで、乳首も小指の先ほどもなさそうだ。

（すごい……）

たわわなおっぱいに見とれていると、それが両手で捧げ持たれる。くっきりした谷間は、そこにもうひとつのおしりがあるかのよう。

「もうちょっとおしりを前に出してもらえる？　あと、脚を開いて、背中も後ろに倒してほしいの」

指示をされて、友昭はもしやと思った。彼女がしようとしていることは、あれではないのかと。

そして、思ったとおりのことが行なわれる。大きな乳房が左右に分かれ、あいだに牡の肉棒を挟み込んだのだ。

「あああああ」

友昭はのけ反って声をあげた。

ぷにぷにした柔らかなお肉で包まれて、たしかに快かったのである。けれどそれ以上におっぱいでペニスを挟む行為そのものがやけに淫らに感じられ、昂ぶりを覚えたのだ。

「これ、パイズリっていうのよね？　エッチな本で読んだことがあって、一度試してみたかったのよ」

夏生が喜々として告白する。

たしかにこの愛撫は、アダルト方面ではポピュラーと言えよう。ビデオでも漫画でも、巨乳の女優なりキャラクターなりが登場すれば、決まって行なわれる。ただ、プライベートで実際にしている女性がどれほどいるのかは、定かではない。

ある程度の大きさがなければできないわけで、たとえば麻紗美などは逆立ちしたって無理である。そうなるとできる人間は限られており、さらに実際にするとなれば、また絞られてくるだろう。

だいたい、この手の知識があるか、男に求められるかしなければ、自主的にペニスを乳房で挟む女性などいないのではないか。そういう、ものの本やビデオでしか目にしないような行為を、真面目な女教師が率先して行なったものだから、友昭は昂奮せずにいられなかったのだ。

「気持ちいい、宮下クン?」

「は、はい」

「みたいね。ペニスがピクピクしてるもの」

分身はほとんどが乳肉の狭間に埋まり、わずかに亀頭の尖端部が見えているだけである。鈴割れは透明な液体を滲ませており、早くも谷間に粘っこい糸を繋げていた。

「だけど、これ、動かしたほうがいいのよね。やってみるから、もしも痛かったりしたら言ってね」

「はい」

「んしょっと」

夏生が両手で捧げ持った双房を、揃えて同時に上げ下げする。

友昭は喜悦の声を洩らし、膝を震わせた。

「あ、あ――」

ぷにぷにのおっぱいでしごかれるのは、たしかに快い。だが、柔肌が直に亀頭粘膜をこする上に、くびれのところに包皮を変なふうに巻き込んだものだから、鈍い痛みが生じた。

「うう、少し痛いです」

正直に訴えると、彼女は動きを止めて眉をひそめた。

「ちょっと引っかかる感じがあるわね。すべりがよくないんだわ」

少し考えてから、夏生は顔を伏せると、谷間にクチュッと唾液を垂らした。乳房のあいだになじませ、ペニスも充分に濡らしてから、再び挟み込む。

「今度はどうかしら?」

再び上下運動が始まる。屹立を包み込んだ柔肉がヌルヌルとすべり、今度はセックスに匹敵する快感があった。

「あ、あ、すごく気持ちいいです」

声を震わせて告げると、女教師がニッコリと笑う。

「よかった。じゃあ、もっとよくなっていいからね」

乳房が大きくはずみ、慣れてきたか速度があがってくる。乾くとすぐに唾液が垂らされ、カウパー腺液も混じったそれが、乳の谷でニチャニチャと泡立った。

(ああ、たまらない)

友昭はのけ反り、ハッハッと息を荒ぶらせた。

夏生は乳房を互い違いに上下させたりと、工夫を凝らしている。以前から夫にしてあげたいと考えていたのではないだろうか。今は年下の青年を実験台にして、ここぞとばかりに試行錯誤している。

「あ……ンふ」

時おりなまめかしい声が洩れ聞こえるのは、乳首が牡の下腹にこすれるからだろう。それは硬く尖ってきたようで、クリクリした感触は友昭も悩ましくさせた。

（すごい。おっぱいがこんなに気持ちいいなんて――）

初めてのパイズリ体験は、新鮮な感動と快感をもたらしていた。早くも鼠蹊部のあたりが甘く痺れ、溜まりきった溶岩を噴出しそうな兆しがある。

夏生は『もっとよくなっていいからね』と言った。つまり、このまま射精させるつもりなのだろうか。

（いいのかな、本当に？）

だが、これでオルガスムスにまで導ければ、自らのテクニックに自信が持てるのではないか。

彼女は額と鼻の頭に細かな汗を浮かべ、一心に乳房を操っている。その頑張りに報いたいと思ったとき、いよいよ最後の波が押し寄せてきた。

「あ、いきそうです」

爆発を予告すると、白い歯をこぼした夏生が励ますように言う。

「いいわよ、イッて。精液をおっぱいに出して」

ストレートな許可に、最後の堤防が決壊する。目のくらむ快美が脳を蕩けさせ、友昭は背中を反らした。

「ああぁ、いきます。いく――」

意識が白くなり、強烈な快感がペニスの中心を貫く。

びゅるんッ！

焦点のブレる目でどうにか捉えたのは、谷間から勢いよくほとばしった白濁液が、女教師の顔に躍りかかるところであった。それはソバカスの目立つ鼻梁付近をべっとりと汚した。

（ああ、佐藤先生の顔に――）

申し訳なく感じると同時に、背すじがあやしくわななく。彼女も怯むことなく乳奉仕を続け、さらに二陣、三陣とザーメンが噴き出した。

びゅッ、ドクンッ――。

けれど、それらはさほど飛ぶことなく、乳房の谷を淫らに彩る。青くさい精臭がたち昇り、友昭は悩ましさを覚えたが、間近で嗅いだ夏生はそれ以上だったのではないか。

けれど、彼女はうっとりした表情で、欲望を遂げたペニスを摩擦し続ける。過敏になった粘膜が乳肉でヌルヌルとこすられ、絶頂感が再び上昇に転じた。

「あ、ああ……も、もういいです」

頭がおかしくなりそうで、友昭は降参した。すると、双房が左右に別れ、粘液でヌメる谷間から、軟らかくなった肉棒がぽろりとはずれ落ちる。

「すごくいっぱい出たわ。パイズリって、本当に気持ちいいのね」

顔に精液を付着させたまま、夏生が愉しげに白い歯をこぼす。だが、それに答える余力はなく、友昭は長椅子に横になると、胸を大きく上下させた。

2

気がつくと、顔の前におしりがあった。

(え——?)

谷底に秘貝を忍ばせたたわわな丸みが、女性のものであることはすぐにわかった。しかし、どうしてここにこんなものがと、すぐには状況が摑めなかった。

(僕、何をしてたんだっけ……?)

懸命に記憶をたぐり寄せる。夏生にパイズリでイカされたあと、あまりの気持ちよさに力尽きて、長椅子に横になったのだ、おそらく、昼間も麻紗美相手に二回も射精した疲れがあったのだろう。

そうして夏生に後始末をされながら、気怠い快さにひたってウトウトしたらしい。今も股間にくすぐったいような快さがあるのは、ペニスを拭われているからではないのか。

(佐藤先生、Tバックを脱いだんだな)

そうして年下の青年を長椅子ごと跨ぎ、股間を清めてくれているらしい。だが、その作業はすでに終わり、新たな段階に進んでいることを、友昭は間もなく理解した。

「やっぱり、もう無理なのかしら……」

夏生のつぶやきが聞こえる。続いて、ヒップがわずかに持ち上がるなり、
ちゅぱッ——。

亀頭が吸われ、快感が背すじを駆け抜ける。

「むぅ」

友昭は呻き、腹を波打たせた。

けれど、そんなことには気づかぬまま、彼女は本格的なフェラチオを開始したようだ。萎えている器官がすっぽりと口に含まれ、舌で転がされるのが見えなくてもわかった。

（ああ、気持ちいい）

くすぐったくもゆったりした快さにひたり、友昭は胸を上下させた。

夏生はそこを再び大きくさせるために、懸命に愛撫しているのだ。Tバックを

脱いだのは、硬いペニスで貫かれたい——セックスをしたいという意思表示では

ないか。

ところが、昼間から最高の射精が続きすぎて、分身は完全にダウンしている。

海綿体も血液の受け入れをストップしたのか、充血する兆しすら見せない。

いや、リビドーは高まりつつあったのだ。今にも落っこちてきそうな魅惑の豊

臀と、秘部から漂うすっぱみの強い淫臭が、若い牡の劣情を高めていた。

ただ、何かが足りないから、それがエレクトに結びつかない。どうすればいい

のか、友昭はもちろんわかっていた。

夏生が軟らかな器官から口をはずす。小さくため息をつき、名残を惜しむよう

にゆるゆるとしごいた。

（ええい、もう）

我慢できず、友昭はもっちりしたヒップを両手で摑んだ。

「キャッ」

悲鳴をあげた女教師に腰を浮かせる時間を与えず、丸々とした尻を思いきり引き寄せる。

「あ、あ、駄目――」

夏生はバランスを崩し、友昭の顔に坐り込んだ。

「むううううー」

強烈な圧迫感に、友昭は脚をバタつかせて呻いた。けれど、濃厚な恥臭が鼻奥にまで流れ込むなり、全身が陶酔に包まれる。

(ああ、最高だ)

重くて充実した尻肉の柔らかさと、秘部の生々しい媚香が牡の限界を引きあげる。解き放たれた関門から血流が勢いよく流れ込み、海綿体をいっぱいに満たした。

「あ、すごい」

夏生が驚きの声をあげる。ペニスが瞬く間に膨張したのに気づいたのだ。

「わたしが顔に乗っただけで、こんなになっちゃうなんて……おしりの威力って侮れないわ」

感心しつつも、彼女はわずかにヒップを浮かせた。友昭がずっともがいていたから、窒息させるかもしれないと思ったのだろう。

しかしながら、実際のところは歓喜のあまり、手足を暴れさせずにいられなかっただけなのだが。

そそり立った肉根に、しなやかな指が巻きつく。リズミカルにしごかれて、それはがっちりと根を張った。

「ああ、あああ」

友昭は喘ぎ、熱い吐息を女芯に吹きかけた。すると、ほころんだ合わせ目が物欲しげにすぼまる。

「こんなに硬くなっちゃった」

そうなると舐めたくなるのは、さっき告白した通りである。夏生が前屈みになったことで、おしりがまた浮きあがった。

ふくらみきった亀頭が温かく濡れたものに包まれる。唇でくびれをぴっちりと締めつけ、彼女は敏感な粘膜を飴玉のごとくしゃぶった。戯れる舌は唾液をたっぷりとまといつかせ、口の中に入っている部分がポロリと溶け落ちそうに気持ちがいい。

だが、先走りがジワジワと湧き出たところで、口がはずされる。また射精しては元の木阿弥《もくあみ》だと悟ったのだろう。

友昭を跨いでいた夏生が、横にはずれる。彼女はいつの間にか全裸になっていた。たわわな乳房も、細くくびれたウエストも、豊かな腰回りも、すべてを年下の青年の前に晒している。

顔にかかった精液も綺麗に拭われていたが、表情はいい感じに緩み、赤らんだ頬が色っぽい。濡れた眼差しで見つめられるだけで、ペニスがビクンとしゃくりあげた。

「言ったとおりでしょ。佐藤先生のおしりはとても魅力的だって」

掠《かす》れ気味の声で訴えると、夏生は恥ずかしそうにうなずいた。

「それから、アソコの匂いもって言いたいんでしょ？」

人妻教師が軽く睨んでくる。

「ええ、そうです」

「もう……昨日まで童貞だったくせに」

「佐藤先生が、僕をこんな男にしたんですよ」

「うう、そんなこと言われたら、責任感じちゃうじゃない」

「僕のことよりも、旦那さんにも同じことをしてあげてください」

「おしりで顔に坐ってあげろって？　そんな、いきなりは無理よ。徐々にやっていくことにするわ。まずはおっぱいからね」

　得意げに胸を反らし、巨乳をぶるんと揺らしたところを見ると、パイズリにかなり自信を持ったらしい。これなら夫婦生活も改善されるのではないか。

　と、彼女の視線が牡の猛りに注がれる。それと友昭の顔を交互に見て、甘えるように唇をすぼめた。

「ね、お願いしてもいい？」

「何ですか？」

「わたし、これからはダンナともいっぱいセックスをするつもりだけど、その前に、この硬いオチンチンでイカせてほしいの」

　ほんの昨日まで苦手にしていたとは思えないほど、今の夏生はやけに可愛らしく見える。だから友昭は、彼女のおねだりに「いいですよ」と答えたのだ。

「よかった、うれしいッ」

　少女のように表情を輝かせた女教師に、胸がきゅんとなる。けれど、彼女がさっそくとばかりに腰を跨いできたものだから、「あ、待ってください」と制止した。

「え、どうして？」

「違った体位でしてみませんか。僕だって、佐藤先生のおしりに敷かれっぱなしになりたくないですから」

冗談めかして言うと、夏生が《意地悪ね》という顔でむくれる。けれど、身を起こした友昭が素早く全裸になると、気まずげに視線を逸らした。

「べつに、全部脱がなくってもいいのに……」

自分は素っ裸なのに、戸惑ったふうにつぶやく。こんな場所で男の裸体を目にすることが、照れくさいのだろうか。

「それで、どうやってするの？」

夏生が不安げに首をかしげる。

「さっきみたいに、ここに手をついてください」

長椅子に両手をつかせ、ヒップを掲げるポーズをとらせる。その真後ろに立ったことで、彼女もバックスタイルで交わるのだと理解したようだ。

「こ、こんな格好でするの⁉」

「そうですよ」

「わたし、こんな恥ずかしい格好でしたことないのに……」

人妻であるはずの女教師が、セックス経験の浅い娘のように恥じらう。だが、友昭は単に彼女のたわわなヒップを責めまくりたかったから、この体位にしただけなのである。

幸いにも他の体位を思いつかなかったらしく、夏生は渋々同意した。保健の授業で性に関するあれこれは教えても、中学生に体位のバリエーションまで紹介することはないから、彼女の知識は耳年増の女子中学生よりも貧しいぐらいではないのか。

ただ、ずっと友昭の股間をチラチラと盗み見ていたから、とにかく若いペニスで貫かれたかったのは間違いない。

「じゃ、しますよ」

友昭が腰を落として位置を調節すると、豊臀にプルッと波が立つ。それこそ、期待にうち震えているごとくに。

「もう少し脚を開いてください」

「こ、こう？」

艶尻が割れ、濡れた女陰が全貌を晒す。そこに亀頭の切っ先をあてがうと、尻の谷がなまめかしくすぼまった。

「ここですよね？」

「う、うん。そこよ」

「挿れますからね」

「いいわ、来て——」

息を吸い込むように告げられる。友昭はもっちりした尻肉を両手で支えると、息を止めて腰を前に送った。

「あ、あッ、入ってくる」

夏生が焦った声をあげたときには、ペニスは濡れ温かな蜜壺にずむずむと入り込んでいた。

「あああ、あ、くうううーッ」

白い背中が弓なりになり、肩胛骨《けんこうこつ》が浮きあがる。友昭の下腹とヒップが密着したところで、内部がキュウッと締まった。あたかも牡を捕らえたかのように。

（ああ、気持ちいい）

快感が全身に沁み渡るのを覚え、友昭は腰をブルッと震わせた。

昨日も交わったはずだが、体位と、それから彼女に対する気持ちが異なるためか、より深く結ばれた感じがする。魅惑のヒップを両手で抱えていることも、豊かな気分にしてくれたようだ。

（僕、佐藤先生とセックスしてるんだ）

喜びが胸を熱くする。図らずもふたりの女性と初体験を遂げることができた自分は、なんて幸せ者なのだろう。

「は、入ってるのよね？」

夏生が震える声で問いかける。友昭は言葉で答える代わりに、猛るものを膣内で雄々しく脈打たせた。それで彼女も理解したようだ。

「あうう……わ、わかるわ」

杭打たれたヒップを覚束なくくねらせ、迎え入れたものを確認するみたいに女窟をすぼめる。それでようやく落ち着いたかのように、「はあー」と大きく息をついた。

（昨日はあんなに激しかったのに）

自ら年下の男を跨ぎ、腰を振りまくったのである。あの大胆さが嘘のように不安げだ。

「だいじょうぶですか？」

声をかけると、少し間を置いてから「う、うん」と返事がある。あまり大丈夫ではなさそうだ。

「どこか痛いわけじゃないんですよね？」

「ええ……ただ、この向きでペニスを挿れられるのって初めてだから、ちょっとヘンな感じなの」

では、普段の性生活では正常位オンリーなのか。昨日は騎乗位だったけれど、対面だったからペニスの向きはノーマルな体位と一緒だ。

「ヘンな感じって？」

「あのね、これだとおしりのほうが圧迫されるみたいで……とにかく違う感じなのよ」

要は違和感があるということなのか。

「動けば気にならないんじゃないですか？」

「う——そうね。動いてみて」

「はい」

「あ、最初はゆっくりね」

お願いされたことに応え、友昭はのろのろと腰を引き、再び挿入するときも同じ速度で行なった。それを三度ほど繰り返したところで。

「あうう、やっぱりヘン」

夏生が呻くように言う。そうすると、この体位では無理なのだろうか。

ところが、友昭が動きを止めると、「や、やめないで」と焦った声があがる。

「え、続けていいんですか?」

「うん……ヘンなんだけど、何だか感じるのよ」

どうやら心配はなさそうで、抽送を再開させる。ゆっくりした抜き挿しから、彼女の反応を窺いつつ、徐々に速度をあげる。

「あ……あン、ああ、あッ、あふん」

女教師の喘ぎもはずみだした。

一度はずみがつけば、あとは快感まっしぐらである。何しろ、友昭はヒップを抱えて腰を前後に振るだけだから、正常位よりも動きやすい。しかも、濡れた肉棒が出入りする真上で、可憐なアヌスがなまめかしくすぼまるところまでまる見えなのだ。

(ああ、なんていやらしいんだ)

下腹を勢いよくぶつけると、丸みにぷるんと波が立つところにもそそられる。モチモチした尻肉を揉み撫でながら、ついつい遠慮なく肉槍を抉《えぐ》り込ませてしまう。

だが、夏生のほうもそれにより、悦びを高めていった。

「ああ、あ、やん、か、感じるぅ」

よがり声が大きくなり、狭い更衣室にわんわんと響く。壁面の箱棚が空っぽだから、そこに音が反響するのだろうか。

「ああ、僕も気持ちいい。佐藤先生のおしり、素敵です。たまんないですッ」

友昭も悦びを素直に訴え、艶尻をパンパンと打ち鳴らす。たっぷりと濡らされた結合部は、ずちゃっと卑猥な音をこぼし、それらの交雑音も、彼女には刺激的だったらしい。

「ああ、わたし、オチンチンをオマンコに挿れられてる……セックスしちゃってるぅ」

卑猥なサウンドで、行為を強く実感させられたのか。聖職者たる女が淫らな言葉を口走る。

「佐藤先生のおしり、本当にいいですよ。旦那さんとも、この体位でセックスしたほうがいいと思います」

「うん、うん……あああ、わたしもこんな格好で、ダンナにズンズン突いてもらいたいのぉ」

バックスタイルがすっかり気に入ったようで、夏生が尻を淫らに振りまくる。逆ハート型の裂け目に出入りする肉根は、筋張った胴に白い濁りをべっとりと付着させていた。そこからセックスの酸っぱい匂いがたち昇り、友昭も頭がクラクラした。

そうやってケモノの体位で交わり、本能のままに腰を振るうちに、女体が頂上へと昇りつめる。

「あ、イク、イクの——あああ、イクイクイッちゃふぅううう！」

あられもないアクメ声を高々と張りあげ、夏生は下半身をビクビクと震わせて達した。その瞬間、膣がキツくすぼまったものの、友昭にはまだ余裕があった。

「あ、あふ、は——あぁ……」

脱力して長椅子に逃れようとした艶ボディを、友昭は逃さなかった。豊臀をがっちりと捕まえて離さず、エクスタシーの余韻にひたる三十路前の女を、容赦なく突きまくる。

「あ、いや——あ、あああ、駄目なのぉ。い、イッたばかりだからぁ」

ショートカットを振り乱し、夏生がよがり泣く。それにもかまわず女芯を抉り続けたのは、昨日と一緒だ。

そして、彼女が何度も昇りつめたのも。

「あふぅ、う、お、おかしくなるぅ、あああ、死んじゃうのぉ」

友昭が膣奥に牡のエキスを放つまでのあいだ、女教師は数え切れないほどのオルガスムスを迎えた。


先に身繕いを済ませてから、友昭は更衣室を出た。

何度も絶頂したおかげで、行為のあとも夏生は長椅子にぐったりして横たわり、動くこともできずにいた。友昭が服を着たあとも素っ裸のままで、先に出てくれるよう彼女が言ってきたのだ。

「だって、見られてると恥ずかしくて、服を着られないもの」

脱ぐことは平気でも、着るところを見られたくないという心理は、友昭には理解できなかった。それでも年上の意向を尊重して、言われたとおりにしたのである。

体育館はもちろんのこと、校舎の廊下も静まり返っていた。

(もうみんな帰っただろうな)

そのとき、ふと由貴子のことを思い出す。

(由貴姉ちゃん、さっきは何を言おうとしてたんだろう……)

邪魔をした夏生に対して、もう腹は立てていないが、従姉のことはやはり気にかかる。表情が深刻そうだったから、尚さらに。

(そう言えば、校長に呼ばれてたみたいだけど、それとは関係ないんだよな?)

ただ、もしかしたらと思い当たることがないわけではない。

由貴子は新採用で国実二中に赴任して、今年が三年目だ。一校目と二校目は三年間勤務するというのは、県の決まりになっている。そして、どちらも赴任先を本人が希望することはできない。教師として六年勤めたのちに、初めて異動先の希望が出せるようになるのである。

(由貴姉ちゃんは、あと半年でいなくなっちゃうんだ)

そろそろ次の異動先について、校長に打診がある頃ではないだろうか。そのことで何か言われているのだとすれば、彼女はここを離れる前に、従弟との関係を修復したいと考えているのかもしれない。

(次は遠くに行く可能性が大きいんだものな)

一校目が街場の学校なら、二校目は僻地勤務というのが慣例だ。県内には山間部の、かなり辺鄙《へんぴ》なところにも学校がある。そこに異動することになったら、滅多に会えなくなるだろう。

ここは由貴子の出方を待つのではなく、まず自分からちゃんと謝って、昔のように仲の良いいとこ同士に戻るべきだ。そう決心して職員室に戻った友昭は、開けっ放しだった出入り口から足を踏み入れるなり立ち尽くした。

(由貴姉ちゃん――)

たった今謝ろうと考えていた本人がいたのである。窓辺に佇み、暗くなった外をじっと見つめて。

すぐに気がついて、由貴子が振り返る。その目が涙で潤み、頬にも伝った痕が見えたものだから、友昭は愕然とした。

(え、泣いてるの⁉)

ひょっとして、異動先が遠くに決まったのだろうか。

けれど、互いに言葉を発することなく、ふたりは見つめ合ったまま立ち尽くした。由貴子は思い詰めた表情で。友昭は、馬鹿みたいに口を半開きにして。

そうして、どのぐらいの時間が経ったのだろうか。

パタパタパタパタ……。

廊下を急ぎ足で駆けてくる足音がする。友昭がハッとして振り返ると、顔いっぱいに笑顔を浮かべた夏生が飛び込んできた。

「お待たせー、って、あれ?」

由貴子に気がついて、ジャージ姿の女教師がきょとんとした顔を見せる。様子がおかしいことを感じ取ったのだろう。

由貴子は素早く動いた。涙を拭って自分のデスクに走り、バッグを摑むやいなや、

「お先に失礼します」

口早に挨拶を述べると、駆け足で職員室を出ていった。動いてから姿が見えなくなるまで、ほんの数秒ではなかったか。

(由貴姉ちゃん……)

友昭は全身から力が抜けるのを覚えた。

(ひょっとして、佐藤先生と何かあったんじゃないかって怪しんだのかも)

不安もこみ上げたものの、それはないだろう。夏生はいつも快活に振る舞っているし、今の親しげな態度だって、他の教師に対しても見せていた。

ただ、由貴子が体育館までふたりの様子を見に行き、更衣室から洩れ聞こえる淫らなやりとりを聞いたのなら話は別だが。

（まさか、だから泣いてたんじゃ――）

友昭の胸は不穏な高鳴りを示した。不吉なことばかりが浮かび、自分も泣きたくなった。

「宮下先生、どうかしたの？」

夏生の問いかけにも、「さあ……」と言葉を濁す。

「ふうん。あ、そう言えば、宮下先生と宮下クンって、苗字が同じだよね。今まであまり気にしてなかったけど、ひょっとして親戚とか？」

悪戯っぽい口調から、本気でそう思っているわけではないとわかる。けれどそれにも、友昭は答える気力を持たなかった。

3

（何とかしなくっちゃ――）

友昭はずっと考えていた。今のままでいいはずがない。異動の前に何とかしなくてはならないのだと。

もちろん、由貴子との関係についてだ。

しかしながら、いくら考えてもどうすればいいのかわからない。六年前のことを謝ればいいのだとわかってはいても、タイミングがさっぱり摑めなかった。

由貴子のほうから話しかけてくれれば、何の問題もない。ところが、あれ以来また、彼女はこちらを避ける素振りを示すようになったのだ。

（やっぱり、佐藤先生とのアレを聞いたんじゃないだろうか……）

そう考えるから、ますます自分から話しかけることができない。何をしていたのかとなじられ、墓穴を掘る羽目になる気がして仕方なかった。

ただ、夏生のほうは友昭に対して、特に親しい態度を示しているわけではない。本人は何も言わないが、以前にも増して綺麗になり、色っぽくなった気がするから、夫との夜の生活がうまくいっているのではないか。

そして、麻紗美のほうも思ったとおり、童貞を卒業させたことで満足したらしく、親密な行為を誘ってはこない。以前のままの、同期の親しい間柄である。

ただ、ふたりとも友昭が求めれば、応じてくれる可能性がある。けれど、由貴子のことを考えると、とてもそんなことはできなかった。

そうして何も変化のないまま、時間だけがいたずらに過ぎてゆく。

二学期も半分を過ぎ、主な行事も無事に終わった。校内は深まる秋とともに、静けさと落ち着きを取り戻していった。

日もすっかり短くなり、部活動は五時で終了となる。退勤時刻で帰れる教師たちも増え、以前のように遅くまで職員室の明かりが灯っていることも少なくなった。

その日、提出書類の締切を勘違いしていたために、友昭は五時を過ぎても帰れなかった。そういうときに限って、教師たちは早々と帰宅してしまう。五時半を回る頃には、職員室でひとりっきりになっていた。

だが、校内にはまだ、職員が残っているはずである。

(由貴姉ちゃん、まだどこかで仕事をしてるのかな?)

デスクの上にバッグが残されているのは、さっき確認した。担任クラスの教室か、あるいは図書室にでもいるのだろうか。

(やっぱり僕のことを避けているのかも——)

職員室で仕事をしないのは、自分が残るとわかったからではないのか。そう考えて、友昭は激しく落ち込んだ。

それでもどうにか仕事に集中し、六時前には終わらせることができた。

(由貴姉ちゃんはまだなのかな……?)

両腕を天井に向けて伸びをしてから、友昭は思い出した。彼女はまだ職員室に戻ってこない、確認すれば、バッグもそのままだった。

これはチャンスかもしれない。友昭は考えた。校内には自分と由貴子だけなのだ。あのとき、なぜ泣いていたのかはわからないが、少なくとも六年前の過ちを謝罪し、昔に戻りたいと伝えるには、今しかないのではないか。

話しかけるのに勇気が必要なことは確かである。けれど、他に誰もいなければ、思いきることができる。見られたり聞かれたりする心配がないからだ。たとえ手酷く罵られるような事態になったとしても、自分がひとりで泣けば済むことなのだから。

(よし、そうしよう！)

決心して、友昭は職員室を出た。最初に担任クラスのある二階に向かう。だが、教室の前まで行かずとも、そこにいないことがわかった。フロアの明かりがすべて消えていたからだ。

(そうすると、図書室かな)

図書室は三階である。階段を上がってフロアに出ると、廊下は消灯されていたものの、図書室からは明かりが洩れていた。

ッとする。

（あそこだ――）
従姉がいる場所を突き止めて、友昭の胸は高鳴った。安堵と、昂奮と、恐れと、様々な感情が入り交じって、心臓が壊れそうだった。
ところが、図書室の前まで進まないうちに、話し声が聞こえたものだからドキッとする。

（え、ひとりじゃないの⁉）
いったい誰と一緒にいるのだろう。先生たちは全員帰ったはずだから、生徒か
保護者と面談でもしているのか。
けれど、少し考えて、誰といるのかがわかった。
（あ、そうか。司書の鍋嶋《なべしま》先生だ）
鍋嶋穂乃香《ほのか》は、市の図書館に勤める司書である。年は三十代の半ばぐらいか。
図書館司書のいない市内の小中学校を定期的に回り、図書教育や本の購入、管理
などについてアドバイスもしている。国実二中にも週に一回訪れていた。
今日は穂乃香が来る日で、午後に彼女と挨拶をしたことを思い出す。由貴子は
国語教師で図書室の管理担当だったから、ふたりでどんな本を購入しようか話し
合っているのではないか。

由貴子がひとりではないと知り、友昭は落胆した。その一方で安堵もしていたのは、やはり話すことが怖かったからだ。

(仕方ない、帰るか……)

ただ、その前に由貴子の顔が見たくなり、友昭は足音を忍ばせて図書室の前まで進んだ。出入り口の引き戸の、四角いガラスが嵌め込まれたところから、そっと中を覗き込む。

図書室は教室の半分が書棚で、残り半分が閲覧スペースである。閲覧スペースには六人用の大きな机が六つ並んでおり、そのひとつに由貴子と穂乃香がいた。

(え⁉)

思わずドキッとする。ふたりは椅子を並べて向かい合っており、由貴子は涙をポロポロとこぼしていたのだ。

(泣いてる……どうして⁉)

穂乃香は懸命に慰め、アドバイスを与えているようなのだが、どんなことを話しているのかまではわからない。だが、ひとつだけ気づいたことがある。

(じゃあ、あのとき泣いていたのも——)

おそらく、あの涙の原因となった問題を、穂乃香に相談しているのだろう。そして、由貴子はそのことを、まず自分に話そうとしていたのだ。

(なのに、あんなことでうやむやになったから、話せなくなったんだな)

穂乃香は同性で、おまけに年上だから、相談相手としてはずっと頼りになるだろう。そうとわかっても、友昭はやり切れなさに苛まれていた。

(僕がもっとしっかりして、由貴姉ちゃんの気持ちをきちんと受けとめることができていたら、力になってあげられたのに)

自分の無力さがほとほと嫌になる。

穂乃香に元気づけられて、由貴子はようやく泣きやんだ。何度も頭を下げ、お礼を述べているようである。

それから、おもむろに立ちあがる。

(あ、こっちに来るのかも)

友昭はそこから急いで離れ、フロアの端にあるトイレの陰に隠れた。

間もなく、図書室の戸がカラカラと開く音がする。そっと覗いてみれば、由貴子が出てゆくのが見えた。そのまま向こう側の階段を下り、どうやら帰宅するらしい。

(……いったい何の相談をしていたんだろう)

友昭は気になった。そして、本人に訊ねることはできなくても、穂乃香になら訊ける気がした。

(僕たちの関係をちゃんと話せば、鍋嶋先生はわかってくれるんじゃないかな)

さすがにパンティを奪ったことまでは打ち明けられないが、そのあたりはつまらない喧嘩をして、仲違いしたことにすればいい。

彼女はいかにも面倒見がよくて優しそうだし、司書ということは本もたくさん読んで知識が豊富なのだろう。だから由貴子も相談する気になったのではないか。

そして、そういうひとだから、友昭も思いきって話す決心がついた。

再び図書室の前に戻ると、穂乃香はファイルをバッグにしまい、帰り支度をしているところであった。急がなければと、友昭は迷いもなく引き戸を開けた。

「あら?」

こちらを振り向いた熟女司書が、ちょっとびっくりした顔を見せる。けれどすぐに優しい微笑を浮かべ、「何かしら?」と首をかしげた。

「あの——」

言いかけたところで、迷いが生じる。由貴子の知らないところで相談相手のひとに事情を訊ねるのは、ひどく出すぎた真似のように感じられたのだ。

けれど、ここで何もしなかったら、この先も何も変わらないのである。思い直し、友昭は決心を固めた。

「ええと、鍋嶋先生は今、宮下先生から相談を受けてましたよね？」

「相談……ええ、そうね」

うなずいてから、彼女はわずかに咎める眼差しを見せた。

「ひょっとして、覗いてたのかしら？」

冷たい声で問われ、友昭は怯みそうになった。しかし、ここは何もかも正直に話すべきなのだ。

「はい。すみませんでした」

「どうして覗いたの？」

「気になったからです。他ならぬ宮下先生——由貴姉ちゃんのことですから」

「え、由貴姉ちゃん？」

「僕と由貴姉ちゃん——宮下由貴子はいとこなんです」

「まあ、そうだったの」

ふたりの関係を丁寧に説明すると、穂乃香は特に驚いた様子もなく納得してくれた。咄嗟《とっさ》に作り話をこしらえ、それが原因でふたりの交流が途絶えていることを話すと、うなずきながら聞いてくれた。

「たしかに今は、声もかけられなくなっているんですけど、由貴姉ちゃんは僕にとって大切なひとなんです。泣いているところなんて見たくないし、困っているのなら助けたいんです」

「そうでしょうね」

「だから、由貴姉ちゃんがどうして泣いていたのか、何をそんなに困っているのか、僕に教えてくれませんか？　僕、由貴姉ちゃんを助けるためになら、何だってしますから」

由貴子への思いを込め、精一杯訴えると、穂乃香は穏やかな微笑を浮かべてうなずいた。

「わかったわ。大好きな従姉を助けたいっていう宮下君の気持ち、わたしも大切にしてあげなくちゃいけないわね」

友昭は胸に喜びが満ちるのを覚えた。これで由貴子のことを救ってあげられるのだと、話を聞く前から有頂天になっていた。

「ただ、それには条件があるの」

「宮下先生は、わたしに相談するだけでも、かなりの勇気が必要だったはずなの。それでも思いきって打ち明けてくれたのは、わたしをそれだけ信頼してくれたっていうことに他ならないわ。それは理解できるわね」

「はい……」

「いくら従弟でも、宮下先生はあなたに知られたくないかもしれない。ううん。たぶん知られたくないって思っているはずよ。つまり、それだけ重くて深刻な相談なの」

「……」

「それをあなたに話すっていうことは、宮下先生の信頼を裏切ることになるわ。けれど、あなたが宮下先生のようにわたしを信頼し、何でも打ち明けてくれるのなら、話してもいいって思うの。もしかしたら、あなたなら宮下先生を助けてあげられるかもしれないから」

「はい。僕、由貴姉ちゃんを助けたいんです」

「だったら、正直に話しなさい。あなた、喧嘩をして宮下先生と仲違いをしたって言ったけど、それは嘘よね」

「え、条件？」

「え⁉」

友昭は驚愕のあまり言葉を失った。どうして嘘だとバレたのか、まったくわからなかったのだ。

すると、厳しい顔つきだった穂乃香が、一転穏やかな表情になる。

「ただの喧嘩で、何年も口を聞けなくなるはずがないもの。まして、ずっと仲が良かったんだから。それに、原因はどうやらあなたにありそうだものね。あなたがずっと気まずい思いをしているから、宮下先生に声をかけられないんじゃないの?」

図星を突かれたものだから、友昭は我知らずうなずいていた。そして、このひとには何もかも正直に打ち明けなければいけないのだと悟る。

「じゃ、話して。何があったのかを」

促され、けれど友昭は迷わずにいられなかった。あんな恥ずかしいこと、そうそう誰かに話せるわけがない。まして女性になんて。

それでも結局すべてを告白したのは、穂乃香が何でも受け入れてくれそうに感じられたからだ。実際、彼女は聞き終えたあとも、なじったり、嫌悪をあらわにしたりしなかった。優しい微笑を浮かべ、

「よく話してくれたわね」

と、うなずいてくれたのだ。おかげで、友昭は気持ちがすっと楽になるのを感じた。

「たしかに、思春期の男の子にとっては恥ずかしいことだし、あなたが宮下先生を避けるようになった気持ちもわかるわ。それに、宮下先生のほうも、あなたがそんなふうだったから、どうすればいいのかわからなくなったのね」

受容の言葉が、胸にすとんと落ちる。本当に理解してくれているのだとわかり、思わず泣きそうになった。

「ありがとうございます。そんなふうに言ってもらえると、僕、由貴姉ちゃんにもちゃんと謝れる気がします」

「そうね。だけど、その前に彼女の悩みをどうにかしてあげないとね」

言われて、友昭は真に問題とすべきことを思い出した。

「それで、由貴姉ちゃんは何を悩んでいるんですか？」

問いかけに、穂乃香は友昭の目をじっと見つめた。それから小さくため息をつき、ゆっくりと話しだす。

「あのね、宮下先生は、ある男性から言い寄られているの。それも、まったく好きでもないひとから」

それを聞いて友昭の胸に生じた感情は、怒りであった。

（いったい、どこのどいつだよ、その男は!?）

脳裏には、下卑《げび》た男が由貴子の腕を摑み、ニヤニヤ笑いを浮かべて困らせているビジュアルが浮かぶ。そんなヤツは自分がやっつけてやると、腕っぷしに自信もないくせに思った。

そんな友昭の心中を察したのか、穂乃香がたしなめるように軽く睨んでくる。最後までちゃんと聞きなさいと、目が諭していた。

「それだけなら話は単純なんだけど、困ったことがいくつもあるの。まずは、その男は宮下先生を恋人じゃなく、愛人にしたがっていること」

「え、愛人!?」

「だって、奥さんがいるひとだもの」

最初のビジュアルが打ち砕かれ、代わって品のない中年男が迫っている場面が浮かぶ。手には札束を握って。おそらく、何事もお金で解決しようとする類いの人間なのだろう。

「さらに困ったことに、その男は権力を持っていて、もしも言うことを聞かない場合、宮下先生を不利な状況に追い込むっていうのよ」

「不利な状況って？」

「具体的にいえば、宮下先生を県下でも一番荒れた学校に異動させるってこと」

それを聞くなり、またも脳裏の映像が代わった。今度はどこかの誰かという人物ではなく、自分もよく知っている悪辣《あくらつ》な笑顔が浮かんだ。

「その男って、もしかして――」

「ええ、そうよ。この学校の佐伯校長」

あいつかと、頬が熱くなるほどの怒りがこみ上げる。女教師たちへのセクハラまがいの行為だけでは飽き足らず、こともあろうに異動を盾に愛人になれと脅すなんて。教育者の風上にも置けない。

いや、ひとりの男としても最低だ。

「だったら、教育委員会にそのことを訴えて――」

怒りをあらわに立ちあがりかけた友昭の肩に、穂乃香が手をのせる。

「残念だけど、それは無理なの」

「どうしてですか？」

「だって、証拠がないもの」

「証拠って——」

「仮に宮下先生がこれこれこういうことを言われましたって訴えても、校長のほうが身に覚えがないって突っぱねれば、それでおしまいってこと。まあ、裁判に持ち込むことはできても、勝算はほとんどないわね。何しろ、あの校長は人望がないくせに、人脈だけは持ってて、その中には頭の切れる弁護士もいるの。逆に名誉毀損で訴えられる可能性だってあるわ」

「そんな……」

「あの手の人間は、とにかく狡いことに関しては頭が切れるものなの。宮下先生を脅すのだって、他に誰もいないところで、目撃者だとか証拠を残さないように注意深くやってたそうよ。一度、彼女がこっそり録音しようとしたことがあったそうだけど、すぐに見破られたらしいわ」

飲み会での女教師に対する態度を思い返しても、なるほどそうだろうなと納得できる。どんなに酔ってもセクハラのラインを越えず、いや、ボーダーギリギリのところを綱渡りしていたのだ。それだけ自分の判断力に自信があるのと、決して失敗をしない注意深さもあるのだろう。

これはもう、悪人としては最悪の部類に入るやつだ。

「実はね、佐伯校長は以前にも愛人を囲ってたの。それも、一度にふたりとか」

「本当ですか!?」

「なのに、一度も問題にならなかったのよ。つまり、それだけ敵は巧妙だってことなの。噂だけど、今もどこかのマンションに愛人がいるらしいわ」

それだけ派手なことをしておきながら、噂にはなっても問題にならないということは、どうすればうまくいくのかを心得ているのだ。それこそ由貴子を脅迫するぐらい、佐伯校長にとっては造作もないことなのであろう。

だが、そいつのせいでひとりの人間の将来が左右されるというのであっては、たまったものではない。

「そうすると、由貴姉ちゃんは愛人になるしかないんですか?」

「いいえ。彼女はきっぱり断ってるわ。愛人になんかならないって」

「じゃあ、次の異動で……」

「そういうことになるわね。だから、わたしにアドバイスできることなんて限られてるわ。どんな学校でもそこに生徒がいる以上、教師として全力を尽くさなくっちゃ駄目ってことぐらいかしら」

たしかにそれは正論である。しかし、由貴子のおっとりした性格を考えると、とても荒れた学校で勤めを全うできるとは思えない。不良たちの暴力の標的になるかもしれないし、からだを壊したり心を病んだりして、最悪教師を辞める可能性だってある。

由貴子がどういう理由で教師の道を選んだのか、友昭は知らない。けれど、彼女なりの夢や考えがあったはずだ。それをくだらない男の欲望のために蔑《ないがし》ろにされることは、何としても阻止せねばならなかった。

（だけど、どうやって——？）

友昭とて、一介の学校事務員に過ぎない。しかも新採用で、経験もなければ権限もない。仮に校長に意見したところで、一笑に付されるのがオチだろう。

（だったら逆に、校長の弱みを握って——って、そんなヤツが簡単に弱みを見せるはずないじゃないか）

どうすればいいのかさっぱりわからず、地団駄を踏みたくなる。焦れったさのあまり、拳で自分を殴りつけたくなった。

そんな友昭を、穂乃香は慈しむ眼差しで見つめた。

「由貴姉ちゃんのことが心配なのね……わたし、宮下先生のことをあなたに話して、本当によかったわ」

「え？」

「だって、こんなに心配して、親身になってくれる優しい従弟がいるってわかったんだもの。それだけでも、宮下先生はずいぶん心強いはずよ」

しかし、それだけでは駄目なのだ。心強く思ってもらえるだけではなく、本当の力になってあげなければならない。

（だって、僕は由貴姉ちゃんにお詫びしなくちゃいけないんだから）

過ちを許してもらうためにも、いや、たとえ許してもらえなくても、彼女を助けてあげたい。なぜなら、本当に大切な女性なのだから。

「……何か方法はないんでしょうか？」

半泣きになって訊ねると、穂乃香は寂しそうに首をひねった。そんな方法があるぐらいなら、とっくにアドバイスをしているだろう。間の抜けた質問だったなと、友昭は自虐的にため息をこぼした。

「とにかく、校長の尻尾を摑めればいいんだけど。たとえば、本当に愛人がいるのなら、そのマンションがどこだとか」

「だけどそれも、愛人なんかじゃないって突っぱねられたら、終わりなんじゃないですか？　ただ身寄りのない女性を世話してるだけだとか。抱きあってる写真なり映像なりがあれば別でしょうけど」

「たしかにそうね。探偵でも雇うしかないのかしら」

だが、そんないつになるともわからぬ調査結果を待つあいだに、由貴子の赴任先が決められてしまう恐れがあるのだ。

「佐伯校長は校長会の理事もやってるし、学閥の上の人間や、人事担当にも息のかかった者がいくらでもいるっていうから、宮下先生を思い通りに異動させるなんて簡単なんでしょうね」

穂乃香がますます落ち込むようなことを口にし、暗澹《あんたん》たる気分に苛まれる。

(だけど、どこかに突破口があるはずなんだ)

友昭は必死になって考えた。考えすぎて頭の血管が切れそうになり、ギリギリと歯ぎしりをした奥歯が痛みを覚えても、考えることをやめなかった。

「あまり根を詰めるものじゃないわ。時間はまだあるんだし、一緒に考えていかない？　何なら、宮下先生も含めた三人で」

穂乃香の忠告も、一刻も早く由貴子を安心させてあげたいと願う友昭には届かなかった。何かあるはずだと、「うー」と唸って頭を抱える。

さすがに穂乃香はあきれたらしく、やれやれと肩をすくめた。と、何か思い浮かんだふうに、「そう言えば——」とつぶやく。

「マンションに愛人を囲ったりしたら、お金も相当かかるわよね。校長はどこからその費用を捻出しているのかしら?」

それを耳にするなり、友昭の頭に閃《ひらめ》くものがあった。

第五章　年上の処女

1

佐伯校長が年度の半ばで病気退職となった。体内に重篤《じゅうとく》な病巣が見つかったため、仕事を辞めて治療に専念するという。

けれどそれは、あくまでも表向きの理由だ。生徒を動揺させないためと、せめてもの温情で、実績のある校長の顔を潰さないようにするために。まあ、教育委員会も不手際を隠したかったというのが、本当のところなのだが。

実際は懲戒免職であった。理由は学校予算の使い込み。長期に渡り、赴任先の学校で、それを行なっていたのである。

その事実を最初に突き止めたのが、友昭だった。彼が最初に調べたのは、学校の特別会計だった。

国の予算にも一般会計と特別会計があるが、学校にも単年度で処理されるもの以外に、年度を越えて積み立てられ、必要なときに使われる予算がある。たとえば単年度の予算では購入できない高価なものを買う場合や、一度に多量の備品を買う場合、また、創立○周年といった特別な事業を行なうときにも使われる。教育活動や生徒会活動の他、ＰＴＡの予算にも特別会計が存在する。

予算というものは、必要なお金をそのときに集め、過不足なく使うのが原則である。よって、何に使用するのか明らかになっていない特別会計は、本来好ましくないものと教育委員会から指導されていた。ただ、必要であるという現場の声を受けて、黙認されていた経緯があった。

それゆえに、管理は適切に為されなければならないのに、本予算とは別に存在するために、扱いが曖昧になる場合がある。

もちろん何に使用したかは予算書にのせ、帳簿も作成される。だが、文書や帳簿だけ整えて、通帳から現金を引き出したところで、容易には不正がわからない。年度を越えるために大金が集まり、尚かつ滅多に使われないものだから、その気になればけっこうな金額を自由にできる。

校長はそのお金を、愛人を囲うことに使っていたのである。

友昭は佐伯校長が赴任してからの特別会計の予算書、帳簿、それから通帳もすべてチェックした。最初はわからなかったのだが、作られていなかったはずのカードを発見し、もしやと記帳したことで不正な引き出しが発覚。PTA特別会計に至っては、通帳の残金がほぼゼロになっていた。

さらに友昭は、この事実をもとに佐伯校長の前任校、前々任校、さらには教頭時代に勤めた学校の事務員に連絡を入れ、不正がないかチェックしてもらった。すると、すべての学校で使い込みの事実が判明したのである。

中には使途不明金があったにもかかわらず、問題発覚を恐れて密かに補塡《ほてん》されていた例もあった。とにかく不祥事を隠そうとする教育現場の体質が浮き彫りになったようなものだが、それがますます佐伯を増長させたわけである。

こうなると教育委員会も動かざるを得ない。現任校だけのことなら、不正に引き出したぶんを補塡することで包み隠すこともできたであろう。しかし、何校もあっては不可能だ。おまけに、愛人を囲うために使ったというのであっては、とにかく大ごとにならぬよう関係者に箝口令《かんこうれい》を布《し》き、本人を追放する以外に方法はなかったのである。

本来なら社会的生命を奪われて然るべき男なのに、そこまでにはならず友昭は落胆した。だが、少なくとも由貴子を救うことはできたのである。不満はあっても良しとすべしと、納得することにした。

佐伯元校長は愛人の存在がばれたことで妻に離婚を言い渡され、慰謝料として財産をほとんど奪われてしまったという。そのあとは昔の知人を頼っていくらかの日銭を得、爪に火を灯すような暮らしだとか。後にそのことを伝え聞き、友昭は溜飲を下げたのである。

佐伯に代わって国実二中に赴任したのは、教育センターの指導主事をしていた若い校長だ。見た目は優男でエネルギッシュではないが、全員の話を聞いて方針を決定するなど、話の通じる男である。職員のみならず、生徒への接し方も丁寧で、いい先生がきてくれたと地域住民にも歓迎された。

そして、由貴子の表情が以前よりずっと明るくなったことが、友昭は何よりも嬉しかった。

2

秋から冬へと近づき、外の景色もすっかり色褪《いろあ》せた日曜日――。

アパートでまったりテレビを観ていた友昭のところに、予期せぬ訪問者があった。

「はあい」

鳴らされたチャイムに返事をして玄関まで行き、男の独り暮らしの気やすさでレンズも確認せずドアを開ける。

「え――」

彼女の姿を認めて固まったのは、これで何度目だろうか。

「こんにちは、友クン」

鈴を転がすような声で挨拶を述べたのは、由貴子であった。はにかんだ笑顔と、ほんのり染まった頬が愛らしい。

「あ、ゆ、由貴姉ちゃん。どど、どうぞ」

友昭はうろたえまくりながら従姉を迎え入れた。

「おじゃまします」

淑やかにシューズを脱いだ彼女が、薄手のコートを肩からはずす。黒のセーターにグレイのスカートと、普段学校で目にするのとそう違わないシックな装いだ。

一方、寒いからとジャージにどてらを羽織った友昭は、いかにも貧乏くさい。

(由貴姉ちゃんが来るってわかってたら、もうちょっとマシな格好をしてたのに……)

などと、今さら嘆いたところで手遅れだ。それでも奥の六畳一間に案内し、唯一の暖房器具である炬燵《こたつ》に招き入れる。

(ていうか、何だって由貴姉ちゃんがウチに?)

重要なことに思い当たったのは、炬燵で向かい合ってからだった。そして、そのことを訊ねる前に、彼女のほうから用件を切り出す。

「今日は、友クンにお礼を言いに来たの」

「え、お礼って?」

「前の校長先生のこと。司書の鍋嶋先生に聞いたわ。辞めたのは、友クンのおかげだって」

「え？　ああ、いや……あれは——」

友昭が素直にそうだと認められなかったのは、関係者に箝口令が布かれ、余計なことを言えない立場だったからだ。実際、国実二中の職員でも、佐伯元校長の使い込みを知っているのは、ほんの一部である。

ただ、あのとき友昭は、特別会計を調べてみますと穂乃香に告げていた。その後佐伯校長が突然退職したから、何があったのかを悟ったのではないか。また、彼女は司書としてあちこちの学校を回る中で情報を集め、事件の概要を摑んだのかもしれない。

だとしても、自分の手柄であるなんて、口が裂けても言えなかった。そんなことを知られるのは気恥ずかしいと感じたせいもある。

もっとも、由貴子は従弟の置かれた立場を、ちゃんと理解していたらしい。

「あ、友クンは何も答えなくていいわ。ただ、わたしが勝手にお礼を言うから、それを聞いてくれればいいの」

コホンと咳払いをした彼女が居住まいを正す。友昭は焦り気味にピンと背すじを伸ばした。

「ありがとう、友クン。友クンが助けてくれたおかげで、わたし、つらい目に遭わないで済みました。心から感謝しています」

深々と頭を下げた従姉に、友昭は恥ずかしいやら照れくさいやらで、少しも落ち着かなかった。それに、自分にはお礼を言われる資格などないという思いもある。

「も、もういいからさ。頭をあげてよ」

懇願すると、由貴子は怪訝そうに顔をあげた。

「え？」

「僕のほうこそ、由貴姉ちゃんに言わなくちゃいけないこと――謝らなくちゃいけないことがあるんだから」

「謝るって……何を？」

きょとんとした眼差しで見つめられ、友昭は戸惑った。

（え、ひょっとして、憶えてないのかな？）

あるいは、パンティを盗まれたこと自体、わからなかったのだろうか。

とにかく、現物を見せたほうが早いと、友昭は机の引出しを開けた。ずっとしまっていた下着入りのビニール袋を取り出す。それを従姉の前に置くと、炬燵の脇で土下座した。

「これ、お返しします。本当にごめんなさい！」

謝った瞬間は、耳たぶが燃えそうなほど恥ずかしかった。けれど、そのあと気持ちが嘘のように軽くなる。穂乃香に打ち明けたときも楽になったが、今はそれ以上に清々しい気分だ。

（これで由貴姉ちゃんに嫌われたっていい。僕はちゃんと謝れたんだから）

そう思えるほどに、友昭はすっきりしていた。

「え、これって……」

頭を下げたままでいると、由貴子の戸惑った声が聞こえた。続いて何と罵られるのか。前々からあれこれ考えていたのだが、結果的にすべて当たらなかった。

「よかった。友クン、ちゃんと持っててくれたんだね」

やけに明るい声で言われたものだから、友昭は「え？」と顔をあげた。

そこには、嬉しそうに白い歯をこぼした従姉がいた。何年ぶりに見ただろうかというぐらいの、満面の笑顔だった。

「あ、あの……それが何かわかってるよね？」

いちおう確認すると、「当たり前じゃない」と即答される。

「わたしの下着でしょ？　大学生の時に穿いてたヤツ」

つまり、いつなくなったものかも、ちゃんと理解しているということだ。

「……由貴姉ちゃん、怒ってないの？」

「え、どうして？」

「だって……それ、僕が盗んだものなのに」

「盗んだ？」

由貴子が眉をひそめる。腕組みをし、首をかしげた。

「あの状況は盗んだっていうより、つい持っていったってとこじゃないの？」

「まあ、そうだけど……」

「それに、友クンはちゃんと大切に持ってて、こうして返してくれたわけでしょ？　盗んだなんて言えないわよ」

持ち主からそんなふうに言われると、そうなのかなと思ってしまう。では、六年ものあいだずっと抱いてきた罪悪感は、いったい何だったのか。

「だけど、由貴姉ちゃんはイヤじゃなかったの？　仮に僕が、これをつい持っていったのだとしても」

「んー」

また首をかしげ、彼女はしばらく考え込んだ。

「イヤだとは思わなかったわ。恥ずかしいのが半分と、あとの半分はうれしいってところかしら」

「うれしいって……」

「だって、友クンはいくらわたしがかまってあげても、ずっと素っ気なかったじゃない。やっぱり同い年の可愛い女の子がいいのかな、年上じゃ駄目なのかなって、ずっと悩んでたんだから」

「いや、あれは――」

単に照れていたというか、気のないフリをして粋がっていただけなのだ。まだ子供だったから、そういう態度しかとれなかったのである。

「だけど、わたしの下着をさわって、持っていったってことは、わたしのことをちゃんと異性として見てくれてたってことなんだよね。だからうれしかったの」

笑顔で告げてから、由貴子が不意に表情を曇らせる。

「でも、あのあとから、友クンは家にも遊びに来てくれなくなったし、わたしのことも避けるようになって……だから、すごく気になってたの。これのせいなんじゃないかって」

彼女の視線は、炬燵の上のパンティに向けられていた。

「え、これのせいって?」

「ひょっとして、変なふうに汚れてたとか、イヤな匂いがしたとかで、わたしのことを嫌いになったんじゃないかって」

「そんなことないよ！」

友昭は無我夢中で否定した。

「由貴姉ちゃんの下着は、とっても綺麗だったよ。シミもちょっとしかなかったし、それに、とてもいい匂いがしたんだ。だから僕は我慢できなくて――」

そこまでまくしたててから、言わなくてもいいことまで口にしたことに気がつく。由貴子も真っ赤になって俯《うつむ》いた。

「あ、あ……ご、ごめん」

羞恥にまみれつつ、消え入りそうな声で謝る。すると、由貴子が首を横に振った。

「ううん。嫌いにならなかったんなら、それでいいの」

「嫌いになんてなるわけがないよ。だって僕は――」

勢いでそこまで告白したのに、肝腎なところで言葉に詰まる。

いや、言うべきことはわかっている。ただ、勇気が出ないのだ。

けれど、上目づかいでこちらをじっと見つめる彼女の、眼鏡の奥の目に期待が

う。見つめあい、さらに近づく。

した。

、ふたりは一糸まとわぬ姿で抱きあっていた。
重ねた唇のあいだで舌を戯れさせる。
）
溢れ出すのを感じる。最愛のひとのぬくみを
分になる。
は上気していた。眼鏡をはずした今は、瞳が

浮かんでいることに気づき、これではいけな
「僕は、由貴姉ちゃんが好きなんだ。昔も今
だ」
　思いの丈を告げるなり、最愛の従姉の口許
た言葉が溢れ出た。
「わたしも、友クンが大好きよ。昔からずっ
　ふたりの気持ちが同じだったことに、胸か
っと早く言わなかったのかと、自身の臆病さ
「僕、由貴姉ちゃんのことが好きだったのに、
ていったことが恥ずかしかったし、それに、
いかと思ったから……だから、ずっと怖がっ
「……うん。そうじゃないのかなって思って
て」
　由貴子がクスッと笑う。レンズ越しに見る
「だけど、わたしが友クンを軽蔑するはずが
となのに」

ろげる。淡いピンク色の粘膜が覗くと同時に、内部にこもっていた秘臭が解放された。

（ああ、たまらない）

　馥郁とした香りは、彼女の肌の匂いを凝縮したもののよう。ミルクが濃くなってチーズになった——まさにそういう感じだ。

　そして、開かれた内部には、汚れらしきものは見当たらなかった。もしかしたら、ここに来る前に処女を捧げる覚悟はできていて、家でその部分を清めてきたのかもしれない。ただ、肉体の昂ぶりによって、なまめかしい匂いが熟成されたのではないか。

　実際、見ているあいだにも、内側の粘膜に細かい露がきらめきだしたのだ。

（濡れてる——）

　処女なのに、どんどん恥蜜が溢れてくる。

　そんないやらしい光景を目の当《ま》たりにして、何もせずにいられるはずがない。友昭は少しもためらうことなく、かぐわしい秘芯にくちづけた。

「え？　——はあああ、だ、駄目ぇ」

　由貴子が甲高い声をあげ、腰をカクカクと揺すりあげる。桃色の粘膜がせわし

なく蠢いた。

次々と溢れるぬるいジュースは、ほんのり甘じょっぱい。匂いのようなチーズ風味ではなかった。

ただ、舌を恥裂に差し込んで律動させるうちに、粘っこさが強くなる。

「あああ、は、恥ずかしいッ。いやぁ」

由貴子が両脚をバタつかせ、全身でイヤイヤをする。素の匂いばかりか味までも知られ、かなりの羞恥に苛まれているようだ。

けれど、友昭はクンニリングスをやめなかった。いや、やめられなかった。

粘つきとともに甘みを増す蜜液がこの上なく美味しく、尚かつ貴重なものに感じられたからだ。一滴も無駄にしたくはないと、貪欲にすすり続ける。

もちろん、敏感な秘核を探り、吸いねぶることも忘れない。

「あ――あン、はふぅ……」

従姉の抵抗が弱まり、息づかいが艶めきを帯びる。悦びが女体を少しずつ浸食しているようだ。

そうやって秘芯舐めにのみ集中していればよかったのに、友昭はつい欲望のままに振る舞ってしまった。初めての女性であるふたり――麻紗美や夏生とマニアックなプレイに励んだから、その影響が残っていたのだろうか。

ともあれ、だらしなく開かれた脚を折り曲げ、由貴子に膝を抱えさせる。羞恥と快感で自らを見失っていたらしい彼女は、促されるままのポーズをとった。

それによって、可憐なツボミがあらわになるとも気づかずに。

「はひッ」

アヌスをひと舐めされるなり、由貴子が息を吸い込むような声を発する。だが、何をされたのか咄嗟にはわからなかったようで、肉体に生じた感覚を確かめるみたいにじっとしていた。

それをいいことに、友昭はレロレロと舌を躍らせた。

「あ、あ、そ、そこは駄目ぇッ！」

年上の処女があられもなく声を張りあげ、抱えた脚を戻そうとする。けれど、従弟がヒップを抱え、陰部に顔をぴったりと密着させていたものだから、からだを伸ばすことも ままならなかったようである。

そうして、恥ずかしいすぼまりを執拗に舐め回されてしまう。

「イヤイヤ、く、くすぐったいぃー」

だが、声音がやけに悩ましげだ。それ以外の感覚も得ているのは間違いなく、クリトリスを指で刺激しながらアナル舐めを続ける。

「あ、あふッ、は――くあああ」

羞恥と快感が処女を混乱させる。男を知らずとも女らしく成長したボディが、淫らにくねった。下腹がせわしなく波打ち、細い恥毛が荒ぶる鼻息にそよぐ。

「くうう、い、いやぁ、やめてぇ」

むせび泣くような訴えも、放射状のシワが気持ちよさげに収縮していたものだから、深刻に受けとめなかった。蒸れた汗以外の匂いがないことを残念に感じつつ、ぴったり閉じたシャッターをほぐすつもり唾液を塗り込めていると、
スッ……。

舌に小さな風を感じて（え？）となる。間を置かずに、ほんのり香ばしい発酵臭が漂った。

（――これ、由貴姉ちゃんの!?）

最愛の従姉が恥ずかしいガスを漏らしたことを悟るなり、

「いやッ！」

鋭い悲鳴をあげた由貴子が、勢いよく友昭の肩を蹴った。

「うわっ」

さすがに怯んで離れると、彼女は横臥してからだを丸めた。まん丸のヒップを年下の男に向け、「うっ、う――」と嗚咽をこぼす。

わずかに覗く耳たぶも頬も、真っ赤に染まっていた。ほんのちょっぴりとは言え、従弟の顔にオナラを吹きかけてしまったことが、たまらなく恥ずかしいのだろう。

(やり過ぎちゃったかな……)

ようやく気がついて反省する。だが、由貴子の貴重な匂いを嗅げたことで、胸は歓喜に高鳴っていた。

もちろんそんなことは、本人には明かせないが。

ふっくらした尻の谷底には、唾液に濡れたアヌスが見えている。そこに再びむしゃぶりつきたくなるのを懸命に堪え、友昭はそろそろとにじり寄った。

「ごめんね、由貴姉ちゃん」

謝って顔を覗き込むと、彼女が顔をこちらに向ける。潤んだ瞳で睨まれて、罪悪感がこみ上げた。

「……ひどいわ、友クン。お、おしりの穴まで舐めるなんて」

「ん、ごめん」

「ごめんじゃないわよ。そのせいでわたし――」

由貴子は何か言いかけたものの、赤面して目を泳がせた。オナラを漏らしたことを口にしそうになったのだ。

だが、女性に恥をかかせてはいけない。今さらのように紳士じみたことを考えた友昭は、知らないフリをした。

「本当にごめんなさい。由貴姉ちゃんのおしりの穴がすごく可愛くて、つい舐めたくなったんだ」

「可愛いって――」

絶句した由貴子が、眉間に浅いシワを刻む。とんでもない変態だと思われたのではないかと、友昭は心配になった。

だが、彼女は単に戸惑っただけらしい。

「あそこは可愛いとか、そういう場所じゃないのよ。汚いところだから、舐めたりしちゃいけないわ」

年上らしく諭したのに、友昭はすぐさま反論した。

「由貴姉ちゃんのからだに、汚いところなんてないよ。僕は全部大好きだし、どこもかしこも舐めたいんだ」

真剣な訴えに、由貴子が気圧されたふうに目を丸くする。

「そう思ってくれるのはうれしいけど……でも――」

まだ気になることがあるらしい。ずいぶん迷ってから、彼女は怖ず怖ずと口を開いた。

「い、イヤな匂いとかしなかった？」

おそらく最初から付着していたものではなく、あとから漏らしたぶんについて言っているのだ。友昭はここぞとばかりに主張した。

「全然。ちょっと汗の匂いがしたけど、それも由貴姉ちゃんのものだから、僕はすごく大好きだよ」

由貴子が安堵の表情を見せたのは、オナラをしたことがバレていないと思ったからだろう。もちろん友昭は、本当のことを彼女に言うつもりはない。胸の中に、彼女への想いと共に大切にしまっておくのだ。

「と、とにかく、もう舐めたりとかはおしまい。わたしは、友クンにバージンをあげたいの。そのために来たんだからね」

やはり最初からそのつもりだったらしい。友昭は感激した。

「友クン、いい？」

「うん、もちろん」

「じゃ——」

由貴子が仰向けになる。友昭は裸身を重ね、彼女の手をとって自らの中心に導いた。硬く猛るものを握らせると、肩がビクッと震える。

「これで僕と由貴姉ちゃんは、結ばれるんだよ」

「うん……」

うなずいた由貴子が、手指にニギニギと強弱をつける。バージンでも大人だから、ペニスを確認する余裕ぐらいはあるらしい。ただ、破瓜《はか》の恐怖を完全には追い払えないようで、頬に緊張が浮かんでいた。

「僕がいっぱい濡らしてあげたから、ちゃんと入るはずだよ。だから心配しないで」

「うん……あのね、本当は友クンに舐められて、とても気持ちよかったの」

恥ずかしそうに告白する従姉が愛おしい。だが、彼女は不意に焦りを浮かべ、言葉を継いだ。

「あ、だ、だけど、アソコのことよ。おしりの穴じゃなくって」

「わかってる」

友昭が笑顔で答えると、由貴子は頬を赤らめつつも表情を緩めた。いい具合に緊張がとけたようである。

「じゃ、するからね」

「……はい」

神妙に返事をした処女の下肢が開かれる。そのあいだに腰を入れると、彼女は両膝を立てて牡を迎える体勢になった。猛る陽根も自ら秘苑へと導く。

ふくらみきった尖端が、温かく濡れたところに密着した。アヌスを舐められながらも蜜を溢れさせていたのか、そこはトロトロのようだ。

(これならスムーズに入るんじゃないかな)

初めてだから痛みや出血があるかもしれないが、もう大人だから耐えてくれるのではないか。期待を込めて願う。

「挿れるよ」

短く告げると、由貴子の美貌が生真面目に強ばる。まるで殉教者のようだ。

「いいわ……来て」

「うん。由貴姉ちゃん、大好きだ」

思いをストレートに告げ、友昭は熱い処女地の中に身を沈めた——。

4

翌日、月曜日——。

「おはよう」

デスクでパソコンと向き合っていた友昭に、出勤してきた麻紗美が明るい挨拶を投げかける。

「おはようございます」

友昭もニッコリ笑って挨拶を返した。

「あれ？　友昭クンって、何だか感じが変わったみたい」

「え、そうですか？」

「うん。なんだか急に大人っぽくなったみたいな……」

値踏みするようにつぶやいてから、デスク越しに顔を近づけてきた。

「童貞を卒業したときだって、ここまで変わらなかったのにな」

「ちょ、ちょっと——」

友昭が焦ると、彼女はクスクスと笑った。

「きっと、いい恋してるんだね」

図星だったものだから、耳たぶまで熱くなる。

そのとき、由貴子が職員室に入ってきた。

「おはようございます」

「おはようございます」

麻紗美と挨拶を交わした彼女は、友昭にだけわかるよう、からだの脇で小さく手を振った。

(由貴姉ちゃん……)

脳裏には自然と、彼女のしなやかな裸身が浮かぶ。だが、ペニスが硬くなりそうだったので、慌てて想像を打ち消した。

「ねえ、宮下先生も、急に綺麗になったみたいじゃない？　ていうか、色っぽくなった感じかしら」

麻紗美の思わせぶりな問いかけに、友昭は「そうですね」と素知らぬふうに答え、パソコンのキーを叩き続ける。けれど視界の隅には、愛しいひとが向ける親愛の眼差しを、しっかり捉えていた。

（完）

二見文庫

女教師《おんなきょうし》の更衣室《こういしつ》

著者　橘《たちばな》 真児《しんじ》

発行所　株式会社 二見書房
東京都千代田区三崎町2-18-11
電話 03(3515)2311［営業］
03(3515)2313［編集］
振替 00170-4-2639

印刷　株式会社 堀内印刷所
製本　株式会社 村上製本所

落丁・乱丁本はお取り替えいたします。
定価は、カバーに表示してあります。

ISBN978-4-576-12131-4
http://www.futami.co.jp/

二見文庫の既刊本

ときめきオフィス

TACHIBANA,Shinji
橘 真児

守雄がアルバイトをはじめた叔父の会社は、働くスタッフすべてが年上の女性。童貞青年にとって妄想が膨らむ毎日が続いていた。そんな中、大人を感じさせる女性・美沙緒に憧れ、秘かに恋心を抱く彼だったが、活発な鈴音からは淫らな行為に誘われ、人妻・智佐の手ほどきでついに——。人気作家による書き下ろし誘惑官能ノベル!